作者简介

潘军，1957年生于安徽怀宁，1982年毕业于安徽大学，当代著名作家、剧作家、影视导演。主要文学作品有长篇小说《日晕》、《风》、《独白与手势》(《白》《蓝》《红》三部曲)、《死刑报告》等，中篇小说《重瞳》《海口日记》《秋声赋》等，作品曾多次获奖，并被译介为多种文字。话剧作品有《地下》、《合同婚姻》(北京人民艺术剧院首演，哈尔滨话剧院、美国华盛顿特区黄河话剧团复演，并被翻译成意大利语于米兰国际戏剧节公演)、《霸王歌行》(中国国家话剧院首演，并先后赴日本、韩国、俄罗斯、埃及、以色列等国演出，多次获得奖项)。自编自导的长篇电视剧有《五号特工组》《海狼行动》《惊天阴谋》《粉墨》《虎口拔牙》等，闲时习画。

潘军 2009 年 2 月在上海松江拍摄现场

合同婚姻

潘 军

《合同婚姻》首发于《花城》杂志（2002年第5期）

《重瞳》首发于《花城》杂志（2000年第1期）

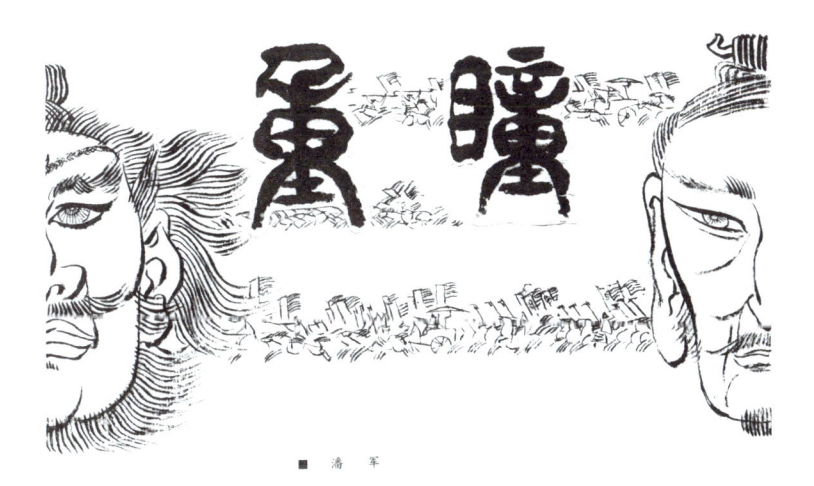

■ 潘军

——霸王自叙

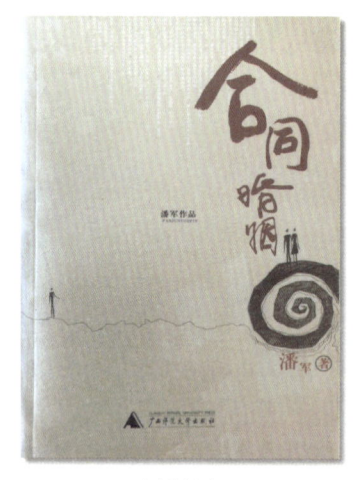

《合同婚姻》
广西师范大学出版社版（2003年）

北京人民艺术剧院演出
《合同婚姻》

北京人民艺术剧院"青春版"
《合同婚姻》

根据《合同婚姻》改编的电视剧

《重瞳》
时代文艺出版社版（2001年）

《重瞳》
安徽文艺出版社版（2017年）

《重瞳》
台湾正中书局繁体字版（2004年）

《重瞳》
圣彼得堡大学出版社俄文版（2015年）

话剧《霸王歌行》,中国国家话剧院 2008 年首演

《花城》首发　纪念珍藏版

合同婚姻

潘军 著

SPM 南方出版传媒 花城出版社

中国·广州

图书在版编目（CIP）数据

合同婚姻 / 潘军著. -- 广州：花城出版社，2020.1
（《花城》首发）
ISBN 978-7-5360-9072-9

Ⅰ. ①合… Ⅱ. ①潘… Ⅲ. ①中篇小说－小说集－中国－当代 Ⅳ. ①I247.5

中国版本图书馆CIP数据核字(2020)第003236号

出 版 人：肖延兵
策划编辑：林宋瑜
责任编辑：揭莉琳　林　菁　刘玮婷　罗敏月
技术编辑：凌春梅
装帧设计：刘红刚

书　　名	合同婚姻
	HETONG HUNYIN
出版发行	花城出版社
	（广州市环市东路水荫路11号）
经　　销	全国新华书店
印　　刷	恒美印务（广州）有限公司
	（广州南沙经济技术开发区环市大道南路334号）
开　　本	880毫米×1230毫米　32开
印　　张	7.5　6插页
字　　数	130,000字
版　　次	2020年1月第1版　2020年1月第1次印刷
定　　价	49.80元

如发现印装质量问题，请直接与印刷厂联系调换。
购书热线：020-37604658　37602954
花城出版社网站：http://www.fcph.com.cn

目录
Contents

合同婚姻 / 1

重瞳——霸王自叙 / 79

《合同婚姻》札记 / 155

关于《重瞳》的一些话 / 161

附录 / 171

    下海·听风

        ——《合同婚姻》首发编辑手记

      （林宋瑜）/ 173

    一曲现代城市人的婚姻绝唱

        ——评潘军中篇小说《合同婚姻》

      （孙仁歌）/ 180

    彻底颠覆后的诗意重构

        ——评《重瞳》（唐先田）/ 197

    建构心灵的形式

        ——潘军访谈录（林舟、潘军）/ 210

合同婚姻

1

苏秦与李小冬解除婚约是几年前那个秋天的事情。他们在一个阳光明媚的下午,一边谈论着中国驻南斯拉夫大使馆被美国佬无端轰炸,去了位于城南的区民政部门。那天苏秦开着银灰色的本田车,李小冬听着克莱德曼的钢琴曲,两人都戴着款式新颖的墨镜。他们下车后,突然感到有点热,李小冬就把随身带的那把遮阳伞撑起来了,然后把它交到了此刻还是她丈夫的男人手里。那伞是酒红色的,阳光透过伞布过滤,出现在女人脸上的色彩很妩媚。两人在这样的一把伞下,感觉仿佛情侣一般美好。等走到路边一个小摊子上，苏秦准备买矿泉水。李小冬在墨镜后面提醒男人：就买一瓶吧。苏秦就花两块钱买了一瓶，他把盖子拧开，先递给了李小冬。苏秦说：你喝吧，剩下的给我。李小冬便把矿泉水拿到嘴巴边上，不含着，这样悬着喝了几口，再把它还给苏秦。后者就大口地喝起来。等到了民政部门的门口，李小冬又说：我还想喝几口。于是苏秦便用水把瓶口冲了冲，再次递给马上就不是自己妻子的女人。女人笑着说：真是很怪啊。你看，我们要离婚了，你才变得这么事事精心。

苏秦说：你不也是吗？

李小冬说：看来婚姻真不是个东西啊。

苏秦有点尴尬地说：是啊，是啊。婚姻就是这么个东西。

这是第二次来了。第一次是发生在一周前，接待他们的是一个过于中年的妇人，像首长一样地告诫两位当事人：这可不是闹着玩的啊，同志。这个问题你们最好慎重考虑考虑，重新考虑考虑。难道——她的语气有个停顿——有什么非离不可的理由吗？

问话的显得振振有词，听话的反倒纳闷了。离婚是人的一项权利，也是一份自由，怎么还得要出示什么"非离不可的理由"呢？

似乎没有。他们之间共同生活了四年，没有出现什么类似"第三者插足"或者"红杏出墙"的过硬理由。连一点迹象也没有。可是办理离婚就那么需要"非离不可的理由"吗？都是两个人的事，奇怪的是当初结婚登记的时候却没有人这么问过：你们有非结不可的理由吗？

后来李小冬说：我看呀，还得最后委屈你一回了。

苏秦说：你又想什么馊主意了？

李小冬说：要制造一个"非离不可的理由"呢。所以只能说你在外面乱搞了，这应该是最硬的理由。

苏秦说：你这才叫乱搞呢。

李小冬说：你在乎什么？这又不往报纸上登的。即使将来你再婚，女方有误解，我会及时赶来为你做证的。

苏秦看着远处的一个水塔，像是自言自语地说：再婚？我有病？

不知道这回他们可就是这么办掉的。不过与打官司上法院相比，协议离婚还是显得轻捷。他们的事不到半个钟头就办妥了。但领证的时候多了一道手续，需要拍一张三分钟的速成像，贴到离婚证上。苏秦被一个长得民工模样的人推到照相机的面前，坐下来，感觉屁股下面的凳子太硬了。还没怎么准备，照相的人就说好了。然后是李小冬拍，也还是很快。

等照片出来，他们都觉得照片上的人不像自己。

离婚证的封皮是绿色的，他们管它叫"绿卡"。

这以后，苏秦只要遇见熟人，或者有朋友来电话，问起李小冬，他就说：我们最近领"绿卡"了。

如果对方还不明白，苏秦就补充说：她最近提拔了，由老婆成了前妻。

2

苏秦和李小冬是大学的同学。他们不在一个系，苏秦学的是中文，李小冬读的是英语，而且比他低两级。他们的认识是因为省里要搞大学生文艺会演，全校抽人在一起排练一个日本的民间舞蹈《八木小调》。那是一个由五男五女组合的舞蹈，一对对的，他们正好是一对，在台上如同形影，不离左右。恋爱都是偶然的产物，就这个因素，他们便开始了恋爱。他们的恋爱在大学校园里继续了一年，进行得还算顺利。于是苏秦毕业之前的最后一件事，是和二十岁的李小冬确定了恋爱关系。他们虽然没有同居、发生性关系，但却一丝不挂地躺在了一张床上。

那是个有很好月光的晚上,两个年轻的大学生去了郊外一处农家旅馆,开了房。本来他们是做好了结合的准备的,还没坐稳,便十分温情地在黑暗中把彼此的衣服脱了。正欲行事,李小冬感到了害怕。她一下坐起来说:我还是处女啊。

苏秦说:你总不能一辈子都当处女吧?

李小冬说:要是怀孕了怎么办?

苏秦就把灯开了,李小冬吓得钻到被子里。苏秦有点腼腆地从书包里拿出了一只避孕套。李小冬一看这个曾经在学校厕所里屡见不鲜的玩意,情绪一下就坏了。她挖苦苏秦:没想到你还这么在行啊!

苏秦说:成人都知道的啊。

李小冬说:我就不知道!

苏秦突然感到事态一下变得严重了。李小冬的意思很明显,他曾经有过性经验。那么和谁有了,却没有对面前的姑娘说。这在上个世纪八十年代初期,在中国两性交往史上算是欺骗行为。他们就这样不欢而散了。两人冷淡了一个多月,到了苏秦将要走出校门时,李小冬又主动找到了他,表示还想把两人的关系保持下去。

苏秦说:我想知道,你这么急转弯,为什么?

李小冬憋了很久,才撂下一句话:你都看了我了。

苏秦当然是愿意的。他喜欢这个比自己小四岁的姑娘。在这之后的三年里，他们以通信的方式维护着恋爱，直到结婚。他们在一起生活了五年，这才发觉原来双方是这样的不合适。既然不合适，也就没有多大的意思。没有意思，也就这么客气地离了。

3

苏秦离婚后，与李小冬还在一套房里住过一阵子。不过费用却分开了，苏秦负责水电，李小冬承担煤气与市内电话。那个时期苏秦在机关工作，与领导的关系弄得很僵，所以也不想干了。到了1993年，南边的形势火起来了，于是苏秦就辞职去了海口。这期间他还隔两个月回来看看，还住原来的房子。于是就有人开他的玩笑：苏秦啊，你这样离婚不离家的，也够潇洒了，还想蹭到什么时候？

苏秦说：我不过回来蹭李小冬几顿饭吃而已，可没想蹭她觉睡。

这个男人的运气很好，在海南岛实行"宏观调控"的前夕，他成功地炒作了一块地皮，赚了几十万。意外的横财使这个持重的年轻人感到吃惊。他自然不想恋战，很快就从商场上抽身而出。当初离婚的时候,他答应给李小冬十万块钱,不过那时他是个穷光蛋,李小冬拿到手的也只是一张白条。女人就带着调侃的口吻说:你拿我当农民啊?只有某些地方的老板才给农民打白条呢。

苏秦却认真地说:你不妨先收了吧。

所以现在男人拿支票换回白条时,女人就有点惊讶。她从来就没有见过这么多的钱,也怀疑这钱的来路。她说:苏秦,你没干什么亏心事吧?

苏秦有点得意地说:你就当我傍了个富婆吧。

然后他就到了北京。苏秦不是那种愿意干事业的男人。他向往的是那种养尊处优的生活。所以在北京,他没有自立门户开公司,而是在一个朋友的广告公司里当着策划顾问,帮他们做个文案,一个月拿着足以养好自己的薪水。有事就去,无事就在家里读读杂书,偶尔也写点文章。过去他有过当作家的理想,现在却不想了。他觉得这是自己和自己过不去,没有必要以一本什么书引起多大的轰动,成为别人羡慕或者憎恨的对象。他觉得就现在这样很好,很舒服。身份感对他这个年纪的男人已经没有了实在的意义。

作为男人,苏秦自然容不得自己的情感没有着落。随着时间的推移，他也到了四十岁。尽管如今对青年的界定尺度放到了四十五岁，他还是觉得已经像个中年了。苏秦的家乡在长江中下游边上的一座小县城，父母都是中学教师，如今都退休了。他在南方忙着挣钱的时候，妹妹却考"托福"去了美国加州，两年后就生了一个儿子。但在父母眼中，那还是人家的后代，所以苏秦和李小冬办完离婚，老人是很不高兴的。他父亲一直怀疑是儿子的行为不检点造成这一后果的。而母亲认为离异的关键，在于他们没有及时生一个孩子。要是你们一结婚就怀上了，就好了。母亲总这么反复感叹着。现在他们只希望这个四十岁的儿子再成一个家，怎么说得给苏家留个后代。无论男女我们都一样高兴，父亲说，这事你必须抓紧，不能一错再错。苏秦说：我都这么大了，你们怎么还这样唠叨？我和李小冬是协议离婚的。离婚是不是很丢人？

实际上四十岁的男人苏秦也不满足于自己屋子里只有一个人的生活，虽然简单，但毕竟还少了最实质的内容。苏秦这个人的性格有点怪，他从来不主动去接近一个女人，更谈不上追求了。但是，如果遇见了，他也不想轻易错过。

在北京前后六年，与苏秦有过性关系的女人有三个。这三个女人，基本上都是阶段性的，甚至偶尔客串一下，谁也不管谁，也自然没有实际的打算与未来的展望。严格地讲，只能叫性伴侣,还称不上是情人。最初,苏秦对这样的交往感到满意,因为没有额外的负担。两情相悦已是足够。可是时间一长,难免会产生一点感情。有感情就会希望彼此专一。苏秦希望这样,但是女人们却没有相应的考虑。到了1999年的春天,他偶然遇见了一个来自成都的女人,是一个酒店的大堂副理。那时苏秦在帮朋友策划一个新型保健药品的营销推广项目,住在这家酒店,和她熟悉了。苏秦很喜欢女人穿职业装,喜欢女人把头发挽成簪。这个女人也喜欢接近他,听他说话,迷恋他说话时的手势滔滔。没谈几回,两人就上床了。他们在床上也好默契,每次做爱都是大汗淋漓,女方也都有高潮。于是这个女人就想嫁给他。这个问题一经提出,苏秦就有了犹豫。苏秦不是对女人自身的犹豫。他觉得女方家庭的负担过重,除了父母收入甚微,还有一个小儿麻痹症的弟弟。如果他正式娶了人家,那么这些便理所当然地成了自己的义务。苏秦是个坦率的男人,他觉得自己已没有精力也没有必要来应付这样一堆的事情。于是苏秦说:我们不能结婚,因为我实在担不起这些。那个女人也明理,不骂男人这么自私,也没有过多的要求。在与苏秦同居半年之后,嫁给了一个开火锅店的老板。她在举行婚礼前夕单独约了苏秦,希望婚后继续与苏秦保持若即若离的关系。

女人说：那个人养我，你给我感情，行么？

苏秦想了想，说：这有点问题了。既然是婚姻，总不能一开始就行背叛之事啊。

他没有接受，以给女人买了份什么保险将此事了结了。

4

当年苏秦与李小冬的婚姻终结，虽说没有出现什么"非离不可的理由"，但也不是一点外界的诱惑也没有。苏秦办公室里有一个女同事，叫陈娟，是北京一所高校新分配来的应届毕业生，家在犁城。陈娟属于那种青春性感的姑娘，性格中又带有斯文，人虽谈不上多么出众，但还是令人舒服的那种，有着耐看的面貌和修长的身材。这个陈娟一来就看上了苏秦的仪表和才华，很主动地接近他。据几年后的她说，那个时候，她是已经有与苏秦搞婚外恋的心理准备的。有一回，苏秦因为赶一份材料，下班晚了，陈娟便替他在机关食堂里买了饭。苏秦有些不自在，说：我不能在外面吃饭啊，李小冬会不舒服的。陈娟委屈得眼睛一下就湿了，说：不就是一份盒饭吗？犯得着扯出你老婆？

这件事让苏秦感到很羞愧，他想婚姻真他妈的不是个好鸟，就这点事心里都还有障碍。很长时间过去后，苏秦把这件事对已经是前妻的李小冬说了，他说：这大概不能算是越轨吧？女人说是啊，婚姻。我这辈子反正是把这件事做过了。女人又说，苏秦，看来我们在婚姻期间并没有什么让对方很伤心的事情。我嫁给你时是处女，这你总还是记得的。苏秦说：我当然记得。李小冬说：可你在这之前就有了不轨行为。李小冬又翻出"避孕套事件"。苏秦伸了个懒腰，说：这都过去几年了，你怎么还惦着这宗冤案？李小冬说：狗屁，什么冤案，我的直觉一点也不会错的。苏秦说：好了好了，我们不是都离了吗？

有人问苏秦：你和李小冬是那样般配，怎么两人说离也就离了呢？

苏秦说：我们般配，但不合适。

那人很不理解：你可是很在乎她的啊。

苏秦说：婚姻不是选劳模，两个优秀的人在一起未必就能得到一份同样优秀的生活。倒是两个合适的人在一起，可能会有一份合适的日子。

问话的人就是陈娟。再见苏秦时，时间已不经意地过去了八年，陈娟已经是北京一家大公司的什么部门经理了。他们是偶然遇见的。那个暮春的晚上苏秦去长安大戏院听李世济的《锁麟囊》，散场的时候，忽然听见身后有人喊他。开始以为是听错了，结果喊声越来越近，一回头，就看见一个高挑个儿的、穿着豆沙色夹风衣和高帮羊皮靴的丰腴女子在远远地对他笑，再一看，竟然是陈娟。

怎么是你啊！苏秦感到意外，也感到高兴，没想到会在这里遇见过去的同事。

我是不是变得很厉害啊？陈娟一上来就这么问。

苏秦说：你变得漂亮了啊。

陈娟说：看你这人，连讨好女人都这么拙劣，怎么张嘴就说瞎话？

苏秦认真地说：是啊，你真的变得漂亮了呢。

陈娟情绪很好。女人大都这样，即使经过了什么仪器鉴定，男人夸她的话是假的，她也一样爱听。陈娟还是抓住这个题目做文章：你这意思是说，以前的我一点也不漂亮了？

苏秦说：那也不是。不过说实话，那时我可真没敢好意思多看你。

陈娟笑了笑，说：是因为李小冬吗？

苏秦说：可能吧。我们办掉了，知道吗？

陈娟说：倒是听说过的。她现在怎么样？

苏秦说：虽说是单身，但过得很好啊，新买了房子，装修图纸还是我帮她画的。

陈娟说：你们还是藕断丝连啊。

苏秦解释说：不不，离婚就是离婚。倒是现在见面比以前客气多了。

陈娟似乎有点困惑：那是为什么呢？一分开反倒好了？

苏秦说：大概是一个角色的问题吧。

陈娟说：这话听起来还很深刻。你呢，还是一个人？

苏秦说：我当然是一个人了。

陈娟笑道：什么叫当然啊？

苏秦说：我总觉得，如果是再婚，女人应该先行一步。

陈娟说：你这还是放不下她呢。你们能再合到一块儿吗？

苏秦说：你是说复婚？这好像不太可能。

陈娟说：为什么？

苏秦说：过得好过不好那已经是领教过的呀。

两人说着就来到了停车场，陈娟这才问苏秦：你晚上还有别的安排吗？

苏秦说没有。

陈娟说：那你等我一会儿，我去开车。我们去三里屯找家酒吧坐坐。

苏秦点点头，心里也暗自吃惊，想陈娟这个女人还真的不简单，三十来岁的年纪，居然神不知鬼不觉地杀回北京发展起来了。一会儿，陈娟从地下车库把车开来了，是一辆刚上市的白色小赛欧。苏秦觉得这个女人就像这辆新款的小车，不算华丽，但很实在。

于是两人就到了三里屯，进了一家叫作"子夜"的酒吧。那时候酒吧的生意刚刚上来，都是些出双入对的男女。苏秦想，这些人中间必定是没有一对夫妻的，他发现自己的心理或许有点问题了，自己不结婚，仿佛天下的婚姻都是那么不幸。他把这个心理坦率地告诉了陈娟，后者说：其实就是这样啊，否则酒吧的生意怎会这么火呢？陈娟的另一个例证是，她说最近一段时间她经常上网聊天，发现只要是类似"三十以后才明白""中年难过美人关""四十情怀"这样的聊天室，几乎每时每刻都是"客满"，可见人到这个阶段，心是多么浮动。

他们要了两杯扎啤和一份爆米花，开始了交谈。这时苏秦才知道，这个陈娟刚离婚不久，离婚的原因很通俗，男方首先有了外遇，被她捉奸在床。

我当时一看，什么也没说，还把他们的房门带上了。陈娟说，然后我就开始打点自己的东西了。我连那个女人的脸都还没看清呢。那女人一溜走,他就对我下跪,我这才火了,我说你犯得着这样吗?敢作敢当嘛!要是那个向你脱裤子的女人看见你现在这么跪在我面前,她会很伤心的。这样一说,他又站起来了。

苏秦身体往后一靠,说:想不到你做事也很漂亮呢。

陈娟打了个手势,喝了一口酒。

苏秦感到这一刻女人一定是心情特别好。

5

那个晚上后来发生的事多少令苏秦有点准备不足。他们各自喝了两扎啤酒,结果陈娟还是执意要开车送苏秦回去。苏秦说:这么晚了,我还是打的吧。陈娟说:那何必呢,我这也就是一脚油门的事啊。是你那里不方便吧?

女人这么激将一下,男人也就不推辞了。他们插上三环线,往南行没多一会儿,就到了方庄,到了男人的屋子。这是一套崭新的两室两厅的房子,装修也很雅致,但却是租用的,每月的租金为人民币两千五百元。所以陈娟一进门就说:你还不如按揭买一套房呢,首付完了,月供也就三五千块。

苏秦说:我也这么想过的,可总下不了决心。

陈娟说：这有什么下不了决心的呢？

苏秦说：主要是还没有非买不可的理由吧。说实话，我不喜欢北京的空气，只是觉得北京的钱比外地好赚一些。再说，要是在外地遇见一个女人怎么办？我是说那种适合做老婆的女人。

陈娟就笑了，说：你心里还是想着要结婚的啊。

苏秦说：话当然也不能说死啊，毕竟我还不能算老嘛。

苏秦说有时候想想，婚姻也有婚姻的好处。譬如说人生病了，身边能有个人倒个茶递个水什么的，那还是好。

陈娟说：要是这样，那雇一个保姆不就结了？说到底，你还是耐不住寂寞。

苏秦就笑了，说：陈娟，作为男人，我虽然算不上那种风云人物，但也还是有点魅力的吧？我难道找不到一个女人伴伴？

陈娟说：你这个人我大致是知道的，你骨子里还属于古典情种，像那种一夜风流的事你不会干。却又见谁爱谁，对谁都真诚。

苏秦说：很对，我和李小冬离婚这八年，就是这么过来的。我不会主动去追逐女人，但是真的遇上了相互顺眼的，我也不轻易错过。人与人的相遇与错过往往都是瞬间发生的事。

同意，陈娟说，这话我太同意了。我还想问你，你对女人的要求，是不是就是一个"顺眼"？

苏秦说：那当然不是。从前我对女人的要求是八个字——通情达理、秀外慧中。现在觉得这个标准好像是旧社会的，不现实，都什么年头了？还这么古色古香。就做了修改，多加了四个字——看着顺眼、聊着开心、睡着舒服。

陈娟一下笑了起来，把嘴里的茶水都喷到了沙发上。陈娟弯着腰说：同意同意！

苏秦说：现在啊，男女的事既简单又不简单。简单嘛，是说上床也就上床；不简单嘛，是说下床就下床。

陈娟继续在笑：你这话虽然有点粗，不过很准确啊。

苏秦说：我这可是经过调查的啊。我问了不少男人女人，大都是这样。你看，这是不是有点人心不古、世风日下啊？

陈娟说：也有个怎么看的问题吧？毕竟现在的人活自在了。

话说到这里，苏秦便站起来活动了一下身体，说：那是，对社会或许是不安定的因素，但对个人却是自由。

陈娟见苏秦站起来，就说：哎，你这是在下逐客令吗？

苏秦点上香烟，笑了笑，说：哪里的话。咱们能见一面可真不容易。要是不想走，留下就是了。

陈娟开始还是在笑，说：这是什么话？你就不能说，是你不想让我走吗？

苏秦立即改口：对对，我希望你今夜别走。

陈娟说：我可没有别的女人那么顺眼啊。

苏秦就坐到了陈娟边上，说：其实，多年前我第一次见到你时，就觉得你特别顺眼。要是那会子我没有和李小冬结婚，也许就找你了。这是真话。

男人的气息逼近过来，女人突然就觉得有点紧张，也有点激动。实际上女人选择这么晚送男人回来，就已经有了心理上的各种准备。不过现在事情真的来了，她还是有点不自在。女人保持着原来的姿势，像在等待男人进一步的要求。于是男人走过来，凑近她的耳边低声说：先洗澡好吗？

这个晚上他们过得很好。

陈娟的确是那种耐看的女人，身材五官都过得去，如果是在校园里或者在机关里，她算得上引人注目的女人。但在社交场上，她并不抢眼。这一年，陈娟三十岁，有着少妇那种特有的风韵。当她洗完澡之后，苏秦才看到，这个女人被时装裹住的肌肤，实在比露在外面的要白皙许多。他熟练地抚摩着女人，感到怀中的这个身体一点也不陌生。他甚至想，自己可能已经在某一次梦境中,曾经拥有过这个身体。然后他们就做爱了,彼此的感觉都不错。事情完了,陈娟问:我是老几啊?

苏秦愣了一下:什么老几?

陈娟说:我是你第几个女人?

苏秦侧过身去拿烟,说:这个问题我不予回答。

陈娟就笑了,说:我们都这样了,你还有什么不好意思的?那你再回答一个问题——与那些女人相比,我怎么样?

苏秦说:你这个人,坐在沙发上没有什么问题,怎么一到床上老有问题?

陈娟撒娇地说:你肯定是认为我不好。就是!

苏秦搂着女人说:你没见我出了那么多的汗吗?

陈娟说:这是第一次嘛,有新鲜感,可能往后你就不出汗了呢。

苏秦说:那咱们走着瞧。

这个晚上他们就这样折腾了一个通宵,说着说着,又堆到了一块儿。直到窗外的天显出曙色,陈娟才说:苏秦,没想到你老先生床上功夫一流啊。

第二天他们睡到下午三点才懒洋洋地起床。陈娟去梳洗的时候,苏秦已经在做饭了。他用微波炉热了牛奶和火腿肠,凉拌了一个西红柿，再煎了单面的鸡蛋。他把这些摆好，再各自倒了一杯果汁。

陈娟穿着苏秦的衬衣，把屁股整个包起来了，感觉下面就没有穿什么。她把洗过的头发用干毛巾裹上，懒散地坐到苏秦面前。看着眼前这一切，女人感到由衷的高兴。女人说：苏秦，这是我近期过得最好的周末。

苏秦说：我也是。我觉得我们还真是做到了那个十二字方针。

陈娟说：你该不会在暗示着要娶我吧？

苏秦说：虽说没有这么想，不过，我看理想的婚姻也不过如此吧。

陈娟说：可是这样生活久了，也会彼此厌倦的——你说呢？

苏秦说：可能吧，婚姻总是让人紧张。

说到这里，陈娟的手机响了，可是她非但没有接，还把手机给关掉了。

苏秦说：你接就是，我不会有什么看法的。

陈娟说：也就是一个熟悉的客户，对我有那点意思，一直就是这么电话缠着。

苏秦说：那也难怪，像你这样的女人，肯定不是我一个人喜欢的。

陈娟说：苏秦，假如我只想你喜欢，你能做得到只喜欢我一个吗？

苏秦说：你们女人一爱起来就喜欢提这么绝对的问题，其实谁都明白，没有人一辈子只爱一个人，神也做不到的。

陈娟停顿了一下，说：也对。我想这大概就是你不打算再有婚姻的最大的理由吧。你现在这么自由，可以随便跟任何女人好。可人是会老的啊，你老了以后怎么办？

苏秦说：这没什么不好办的吧？即使是最好的夫妻，那也不是同一天死啊。

陈娟说：你这是抬杠。

苏秦摇摇头，说：怎么人们一谈婚姻就那么实用呢？

陈娟喝了口牛奶，说：不过听你这么一说，我觉得我好像也不再需要婚姻了。

苏秦连忙打断：别，这只是我的考虑。你是你。你是女人。

陈娟便站了起来：女人怎么了？从前女人要婚姻是指着男人养她，所谓的"嫁汉嫁汉，穿衣吃饭"。或者说想生一个孩子。这两方面我现在都不需要。我只要这辈子过得充实。

苏秦想了片刻，提出了建议：既然这样，那我们不妨先这么相处下去。你看呢？

陈娟接受苏秦这个建议，前提是也需要苏秦对她有一个承诺，她说：你不能从这张床爬到另一张床，我不能接受你带着别的女人身体上的气味回到我边上。你能做到吗？

苏秦说：你不就是要求有一个相对的稳定与专一吗？这没问题，这也是我的风格。我与异性交往，都是一段段的。

陈娟没有再说什么。

这之后他们每逢周末就住到了一块儿。苏秦不愿意去陈娟那里，总是借口"我没有车"。其实他多少有点介意陈娟过去的生活，虽然女人并没有说什么，他也什么都不打听，但他还是觉得自己不愿意睡到那张床上。陈娟大概也看出了男人的心思，也不点破。两人就这样相处着，春天很快就过去了，夏天开始了。有一个周末，天下大雨，陈娟也还是来了，感到人很疲惫。于是苏秦就说：你干脆住过来得了，免得跑来跑去的。陈娟想了想，答应了，当晚就把自己的一些衣服、鞋子以及生活日用品，一箱子提到了苏秦这里。她把箱子放下的时候，不由得叹了一口气。这令苏秦有点困惑，便问：你怎么了？

陈娟瘫在沙发上，说：我好像成你老婆了。

苏秦纠正道：那不是，你要是觉得别扭，可以随时离开的，我们之间不需要履行什么法律手续。

陈娟问：就图这点方便？

苏秦反问：这还不够吗？这不是方便，是自由。

陈娟点点头，与苏秦一起把带来的衣服放进一个腾空的柜子里。这个柜子里已经放上了一些樟脑丸。陈娟对男人的细心感到满意，她的情绪也因此得到了好转。

通常的情况下，每个周末苏秦与陈娟的做爱，要有两回。而这次他们只有了一次，完事之后，两个人洗好澡，穿上新买的丝绸睡衣，坐到了阳台上。苏秦这个小区内景色很好，很安静，阳台面对着一个小广场。在北京，还真不容易找到这样安静的环境。

这个晚上他们交谈的中心，是今后的相处。

陈娟说：我们这是情人关系，还是同居关系？

苏秦说：两者都有吧，当然你也可以认为我们这是在试婚。

陈娟说：苏秦，你如实对我说，你是真的不想要婚姻吗？

苏秦说：事情都不是绝对的，要是非常合适，彼此都离不开，那为什么不可以要婚姻呢？

陈娟又是点点头，那意思是我们都努力吧，也许我们就成就了一宗好姻缘呢。

6

如果与现在的婚姻比较起来，这两个人在一起的生活显然要轻松许多。他们不需要为很多琐碎的事情操劳，不需要在经济上互相制约，也不需要那么敏感，各自的私人空间都很大。有轻松便有愉快，他们彼此不打听对方在白天里都干了些什么，他们只对晚上负责。爱情中的女人总是美丽的。那些天，陈娟到公司去上班，同事都觉得她变得特别滋润。于是就有个叫顾菲菲的女同事问她：陈娟，你是不是和哪个网友见面了？

陈娟说：我才不干那种蠢事呢。

顾菲菲说：这怎么叫蠢事？我都见过几回了，很刺激的。

陈娟说：网上那些家伙都是虚虚乎乎的，就是传给你照片，那和真人也是两码事啊。

顾菲菲说：但网上也有网上的好处啊。两个人不认识，八竿子打不到边，于是就可以胡说八道，甚至还可以在网上做爱。

陈娟很惊讶：网上还能这样？

顾菲菲说：怎么不能？性幻想对人类永远是有魅力的啊。等那两个人一见面，等于把各自的心理都揣摩透了，要是彼此感觉好，也就那样了。

陈娟说：我可从来没有想过从网上抓一个回来的。

顾菲菲说：你别瞒，这种事见怪不怪。你和那个人一定过得很好，要不你哪有这么好的气色？

陈娟说：这还能从脸上看出来？

顾菲菲说：当然，气色明显地好了啊。连斑点都浅了呢。

陈娟心里很甜蜜地说：那倒是的，不过那个人真的不是什么网友，是我过去就认识的，正好他也在北京扎下了。

顾菲菲便用羡慕的眼神看着陈娟：这可是缘分啊。咱们这样的年纪，如果还有个好男人爱自己，那是一种福气。

其实这个顾菲菲比陈娟还小两岁，却已经是一个三岁孩子的母亲了。而且最不可思议的是，顾菲菲的这个孩子没有来路。顾菲菲是个看上去气质高雅、有点傲慢的女人，曾经在美国西雅图当访问学者，说一口流利的英语，还能说几句简单的德语。她能这么说，让陈娟心里有了很大的满足。顾菲菲不像那些人一出去就不想回来，相反，她是提前回来的。据说，她为的就是自己的这个孩子。关于这个孩子，公司里曾经有私下的议论，不过顾菲菲充耳不闻，相反，有时候还叫保姆把孩子带到公司来玩。那真是一个漂亮的小男孩,大家喊他杰克,但他绝对是中国种与中国土地的产物,无须怀疑这点。今天,顾菲菲把儿子又带来了,准备带他去过生日。顾菲菲只邀请了陈娟一个人。

他们去了长安街上新开的一家西餐馆。生意并不红火,环境却很幽雅。陈娟送给杰克一辆遥控的跑车作为生日礼物,于是这孩子没有怎么吃,就和小保姆去一边玩这辆车了。顾菲菲索性让保姆先带孩子回家,她想和陈娟单独叙叙。两个女人换上了红酒。

陈娟有些感慨地说:菲菲,杰克真是你最大的安慰了。

顾菲菲说:那是。其实当我意识到自己怀上他时,我就对今后的事情考虑好了。

陈娟问:考虑什么?

顾菲菲说:一个女人不能有后顾之忧,要不,在现实生活里会有压力的。

陈娟觉得这句话正好说反了。在她看来,女人有了孩子才是真正的后顾之忧,才是现实生活中最大的压力。她想自己当初要是和前夫有了孩子,那么兴许就迈不开离婚这一步了。

陈娟试探着问道:那你不认为一个人带着杰克有压力吗?

顾菲菲说：不，正如你说，这孩子是我最大的安慰，也是我的一切。你大概不明白我为什么要这么做吧？我可以告诉你。杰克生在美国，按美国的法律，他就是货真价实的美国公民了，等将来我老了，他也就大了，我就和他再回到美国去安度晚年。

陈娟一下就明白了顾菲菲的用意，这个女人连"安度晚年"都想好了。她觉得与这个女人相比，自己简直就是稚嫩得可笑。

顾菲菲接着说：你看，一个女人该实现的目标我都实现了，我做了母亲，也有能力对我的儿子承担责任。

陈娟小心地问：他爸爸难道就此不管了？

顾菲菲说：这不怪他，我们当初是有协议的。按照抚养到他十八岁计算，他一次性支付了杰克的抚养费。这笔钱数目不算大，我暂时也没用，还存在美国的银行里。

陈娟继续说：那他就不想看孩子吗？

顾菲菲说：协议上规定，十岁之前他不能探视。

陈娟说：还有这么判的？

顾菲菲说：我们没有上法院，毕竟杰克是非婚生子女。我们是自己制定的协议。干吗什么事都要闹上法院呢？

陈娟用很敬佩的目光看着有些泰然自若的顾菲菲。

这天晚上完事后,陈娟突然说:苏秦,我想和你生孩子呢。

苏秦着实吓了一跳,说:你可别吓我。这年头男女之间收获什么都好,就是别收获一个孩子。

陈娟说:我是真有了这个念头。我不是随便说说的。

苏秦便坐了起来,从床头柜上拿过香烟,说:陈娟,咱们别孩子气。我和你在一起,最大的顾虑就是怕你怀孕。

陈娟也坐了起来,说:要是我愿意呢?

苏秦说:这是两个人的事情,当然要两个人商量着办。

陈娟说:我没有让你负责任的意思。我公司里有个顾菲菲,比我还小两岁,是从美国回来的,什么也没带,就带回了一个孩子,除了她,谁也不知道那孩子的爹是谁。

苏秦:那孩子是美国户口。我们要孩子,没有合法的婚姻,这孩子就是"黑孩子",将来会连累他一生的。

陈娟说:户口有什么难办的?花钱就是了。北京不能办,我就回犁城办好了。我既然敢生,就会对他负责一生。

苏秦看看陈娟,微笑道:你这个人还真一根筋呢。

见陈娟不接话,苏秦又说:哎,这事咱们也就是这么一说,别当真啊。

陈娟说：我不是随便说的。

苏秦不响了，靠在床上把烟吸完。男人重新躺下时，看见女人的眼睛略有反光。

7

可能是因为想要一个合法的孩子的缘故，在这年五月的一天，陈娟正式向苏秦提出了结婚的要求。这个时候，他们已经同居了近三个月，相处还是很好。对女人的这个要求，男人还是有些意外。他问：我想知道，如果我说不同意，你是不是马上就从这里撤走？

女人说：那也不是，只是我有点想和你结婚罢了。

女人这样的回答让男人感到满意。而且，打动了男人，他说：好，我们结婚。

这样，他们选择了一个很好的日子乘火车双双回到了户口所在地犁城，准备办理结婚手续。事先陈娟没有对家里讲此行回来的目的，她想等到晚上苏秦上门之后，再当面把事情摆开。她想父母应该对苏秦是满意的，他们是过去的同事，而且这个女婿长得很精神，也有点品位，还有点钱，父母不该有什么看法的。下了火车,陈娟径直回家,苏秦住进了酒店。他们约好晚上见面。出租车把苏秦带到犁城大酒店时,门童就殷勤地上来替他开了车门。

门童鞠躬说:欢迎先生光临。

苏秦心里好像被什么东西碰了一下。他想自己在这个不发达的城市里前后生活了十八年,现在却突然成了客人。难道这个城市真的与他一点关系都没有了?这个瞬间,他自然想起了前妻李小冬。事实上,昨天晚上在软卧包厢里,看着窗外忽暗忽明的灯光从眼前掠过,男人的心便如同汪洋中的一叶扁舟,颠簸起伏着。他不是怎么怀念李小冬,而是觉得自己这样先行一步地再婚,感觉不是太好。对面的陈娟已经睡着了,苏秦又出来抽了支烟。他看着窗外,旷野里慢慢白了起来。

苏秦躺在酒店的床上,感到很疲惫。匆匆冲了个澡,就上床睡了。醒来一看,已是下午三点。他连忙起来收拾了一下,然后便上街为晚上去陈娟家做些准备。苏秦还是戴着墨镜,他很不希望在街上突然遇见一个熟人。既然这个城市已经把他当作客人了,他又何必拿它当家呢?

他在百货大楼买了两瓶茅台酒和几盒老年的滋补品,觉得还需要去花市上买一束鲜花。毕竟这还是一件很隆重的喜事。在火车上，他与陈娟还商量，这回能否不按习俗把事情办了？陈娟没有说不，但又说其实女人穿婚纱的时候是最美的。苏秦说，我不是怕花钱，是嫌麻烦，我们可以去新马泰走一遭。陈娟就没有坚持，她知道男人的心事，不想惊动犁城的熟人，尤其是那个叫李小冬的女人。

仿佛就有这种感应。当苏秦走上人行天桥时，一眼就看见了在桥的中间张开着一把酒红色的伞，而伞下的那个女人就是前妻李小冬。他还在犹豫中，女人先开口了：是你啊？

男人说：这么巧……

与几年前相比，李小冬明显老练多了，但她的模样却比实际年龄显小，保养得很不错。两人见面，感到意外的好像是男人。

女人说：你怎么又转回来了？

男人说：怎么叫又转回来了呢？我想回来就回来啊。

女人说：看样子在北京混得还不错啊。

男人说：还行吧，衣食无忧，也没有什么发展。

女人说：从气色上看，你过得还好啊。结婚了？

男人迟疑了一下，说：没呢。

女人说：我怎么觉得你已经结婚了呢？看你这一身鲜鲜光光的。

男人说：是你自己结婚了吧？

女人抬眼说：你觉得我还会吗？

说话间，李小冬的手机响了，听语气好像有什么急事。她打完电话，问苏秦：你这次回来能待几天？

苏秦说：看吧，事情办完了就回去。

李小冬说：那这样吧。改天我请你吃顿饭。手机号码没变吧？

苏秦说：没呢。变了我也会通知你的。

李小冬笑了笑：哦，没想到我这个前妻在你心里还有点地位啊。那好，再联系吧。

说着，两人并肩走下了天桥。女人就在街边拦了一辆出租车，很快离去了。

人虽然离去，但女人刚才的笑容却还在男人的眼前没有散。在男人眼里，这笑容有些灿烂。真是难得一笑啊，苏秦想，在他们以前的夫妻生活里，男人就几乎没见过这个女人的笑脸。这还是一个美丽的女人，却是那种腐败的美丽。

苏秦在街上转悠着，越发觉得这个城市还是改变了不少，竖起了几幢高楼，街上的梧桐树也换成了樟树，散发着一点淡雅的香气。但这个城市与他已经失去了联系，唯一让他还有点牵挂的，就是这个叫李小冬的女人。

回酒店的路上，苏秦才想起来把买花的事忘了个干净。

那时候陈娟已经在酒店门口等他了，望着昏暗的天色，女人显得有些急躁。她说：你怎么到现在才回来啊，不就是去商店吗？

苏秦随口答了句：在街上遇见了一个熟人。

陈娟说：你快去上面洗洗吧，看你这一身一脸的汗。

苏秦没说什么，把手中刚买的东西交给了陈娟，自己走进了电梯。电梯里只有他一个人，镜面不锈钢反射出他的样子，他感到那个人一点也不像自己，怎么看都别扭。为什么不把实情告诉陈娟呢？为什么要回避李小冬这个名字？为什么登门拜访陈娟父母的计划在邂逅李小冬后便变得毫无激情了？他在质问自己。而且他刚才的回答是脱口而出，不假思索。这个感觉不好。

陈娟在下面等了一会儿，见苏秦还没出来，就到总台往他的房间挂了个电话。陈娟说：喂，你在磨蹭什么呢？

苏秦在电话里又一次出现了迟疑了，他说：陈娟，你上来，我有话对你说。

这话一说，陈娟就觉得不对劲了。她连忙赶上去，一见苏秦还是原来的衣着、像个醉汉似的倒在床上，女人心里就来了火，说：我上来了，你有话就说吧。

苏秦慢慢欠起身，先去卫生间解了小便，然后边系裤子边对陈娟说：我刚才在街上见到的那个人，你不想知道是谁吗？

陈娟也是脱口而出：是李小冬。

苏秦默默点了点头。

陈娟这才急了，说：难怪啊，每回对你提结婚就像杀你似的，原来你还是忘不掉你的前妻。那你为什么不和她去复婚呢？为什么？

陈娟这么说着，眼泪也禁不住地流了下来。

苏秦说：为什么？我也不知道为什么。我只是觉得……

你觉得什么？说呀？

你冷静点好不好？

你让我怎么冷静？

我只是觉得，我不想先走一步。就这样。

苏秦的嗓门也随之高了。男人这么一激动，女人反倒安静了许多。在停顿了片刻之后，陈娟才说：要是李小冬一辈子不想结婚呢？你是不是也就一辈子也不结？

苏秦说：我说的只是我的感受。我不是已经把介绍信从原单位开出来了吗？

陈娟用手背将眼泪抹了，说：苏秦，我并没有怪你什么，但我是一个有尊严的女人,还不至于要赖着一个男人非娶自己不可!

苏秦说:你越说越不像话了!假如我们是夫妻,那么像这个样子又能过几天?

苏秦还想说下去,但陈娟已经扔下礼品,转身出门了。

当天晚上,苏秦还是带着酒和礼品去了陈娟的家。意外的是,陈娟已经搭晚班的飞机离开了犁城。她母亲说,女儿是接到公司的一个电话,说有个急事才临时决定赶回去的。女儿还让父母转告,如果有一个姓苏的先生来访,就这么说。苏秦明白陈娟是故意避开的。看来陈娟事先还真没有和父母把结婚的事情说开,这让苏秦轻松了很多。这个晚上苏秦是在没有压力却感到沉重的气氛中度过的。陈娟的父亲是一个退休的文化馆干部,爱好京剧,是老生行里的一个不错的票友。在后来闲聊之中还涉及京剧,这老人便拿苏秦当了难得一遇的知音,一发不可收地从谭鑫培、余叔岩谈到了当下的耿其昌、于魁智。苏秦也很配合,老人如果在某个段子上忘了词,他还提个醒。不过他觉得别扭的是,自己今晚本来是以女婿的身份出现在这个场合的,现在却莫名其妙地成了一个"姓苏的"。

8

陈娟自离开后就没有主动给苏秦来电话。苏秦打过去,那边就传来一个软绵绵的声音——"您所拨打的电话已关机"。苏秦知道女人还在气头上,心里理解但不舒服。陈娟有这样大的脾气,在他的印象中似乎从来没有过。看来女人一旦换了角色,什么也都跟着变了。苏秦内心这么感叹着。他不想再反复给陈娟打电话了,觉得这样做实在很无聊。毕竟还不是夫妻啊,他想,幸亏还不是。他同时也为这个感叹而惊讶。

他想自己应该在犁城多住些日子,不能这么由着陈娟。那几天苏秦就整天在酒店住着,胡乱看电视,要不就去网上与人打麻将。那些人玩不过他,只要他一自摸,总有人"异常离开",然后又得重新搭伙。那一刻男人就想,看来什么事还真的有一个相对的稳定才是,这样聚聚散散的,也好没劲。

几天后的一个下午,李小冬的电话来了,说已经在一个叫"塞纳河畔"的饭店预订了座位,晚上请他吃饭。苏秦爽快地答应了。他提前一刻钟到了那里,结果一进门就看见了李小冬的身影。他们的座位是在一个比较僻静的角落里,暗淡的灯光看上去和谐而幽雅。

李小冬开门见山地说：你这次回来，是办一件要紧的事吧？

苏秦想了想，说：是啊，我本来是想回来打结婚证的。

李小冬有点意外，说：那好啊，我得恭喜你了。能告诉我女方是谁吗？不会是我认识的吧？我们当初可是有过约定的啊。

苏秦便想起了那个约定：如果今后再婚，彼此都不找熟悉的人。这条是李小冬提出的，苏秦也表示了同意。不过，李小冬与陈娟应该算不上什么熟人。陈娟曾经去过苏秦家，拿一份什么材料。那天苏秦和朋友去郊外钓鱼了，李小冬接待了她。后来李小冬对苏秦说：你那个叫陈娟的同事，人看上去还是很舒服的。

苏秦说：其实这个人你见过，不过不能算是你的熟人。

李小冬兴趣盎然地问：谁？

苏秦说：陈娟。

李小冬一下就想起来了：你们办公室那个梳长辫的？

苏秦点点头。

李小冬说：她比我应该小不了几岁吧，还没嫁人？

苏秦说：不，她也是离异的，我们在北京遇上了。

李小冬说：哦，是这样啊，你们也算是有缘。北京那么大，你却能遇见一个过去的同事，而且她也是离异的单身。这种概率真的不是很高啊。

苏秦感到很纳闷，她觉得李小冬不应该做出这样的反应。他并不是希望自己这个前妻散发出醋意，但至少不会感到这么热情洋溢的。像李小冬这样的女人，对自己过去的男人往往就是这样的一种态度：这男人在法律上虽然已经与她没有关系了，但还是她园子里的一棵树，不用怎么管它，更用不着小心伺候，那树在她眼里也不是一片风景。那树可以自生自灭，但不能让人砍了去。李小冬现在怎么就不拿点从前的架子呢？

不过，李小冬说：我还是想给你一个忠告。

苏秦问：什么忠告？

李小冬说：做老婆的女人都差不多。

说完这句话，李小冬就去洗手间了。苏秦一个人纳闷地坐在那里，还在回味着女人刚才那句忠告。他的脑子里总觉得有一台老式的电唱机在唱着，而且歌声还相当遥远。

9

苏秦回到北京是一周后的下午五点。列车到达北京站，其实就等于到了陈娟的公司——它们也就隔着一条不宽的马路。如果是以往,苏秦或许会到陈娟公司楼下的咖啡厅等她,和她一起坐会儿,说上几句话,然后开车一起回家。现在他却没有这样的情绪了。犁城这一趟的折腾,他自己也好懊恼。

于是他在出租车上用手机给陈娟发了一条信息:我回来了。我们需要谈谈。

陈娟在接到这条信息的时候,正和自己的一个新客户结束谈判。这个人叫高宗平,也是外地来北京扎摊的。高先生年纪与苏秦相仿,戴着眼镜,看上去很儒雅也很有风度。他与陈娟的谈判很顺利,本来是准备晚上邀请女人共进晚餐的,而且后者也爽快地答应了。然而,这当儿苏秦回来了,女人当然就不能无动于衷。她只好向高先生解释:真不好意思,我爱人刚出差回来了。

高宗平有点诧异,说:陈小姐,如果我没记错,你刚才说过,你是一个人啊。

陈娟硬着头皮说:我说的一个人,不是指独身,是说我暂时一个人在家。

高宗平从陈娟的表情上看出,女人的这番解释显得有点牵强,但也不好多问,也就作罢了。他和陈娟一起离开了公司,一起上了电梯,只有他们。这个时刻,陈娟便有点儿不自在，就无话找话地说：高先生，你的口音可一点也不像是外地人啊。

高宗平说：我在北京前后待了八年。要是八年还带外地口音，那我的智商可能就很有问题了。

陈娟说：你看，我待的时间前后加起来比你还长，口音却还这么杂交，说明我这个人很笨呢。

高宗平连忙解释说：陈小姐，我可不是这个意思啊！

这个男人脸还红了。很长时间过后，这种久违的男人的羞涩却让女人在一个很累的梦中惊醒了。

陈娟回来的时候，苏秦已经把菜做好了。尽管在犁城留下了不愉快，但这种回家的感觉，还是让女人很幸福。犁城发生的那一幕似乎淡忘了，他们显得很客气，称得上相敬如宾。

陈娟说：你才到家，何必这么忙呢？不如晚上出去随便吃点。

苏秦说：我也就是顺手做点，我还担心你不回来呢。

陈娟说：还真是这样，本来我已经答应一个客户了……可我还是觉得在家里吃饭好。

苏秦听着，女人每句话里都嵌着一个"家"。他被这种随意自然的表达打动了，于是在女人洗脸之际，男人从后面搂住了她的腰,伏在她肩上说:过几天,我们再回一趟犁城吧。

陈娟没有回答,但她心里很受感动。

苏秦接着说:我去你家,你父母与我谈得很好……特别是你父亲,同我谈了一晚上的京剧。

陈娟说:你对他们说了我们之间的关系吗?

苏秦说:没有呢。他们拿我当"姓苏的先生",我就觉得你也没有对他们摊牌,所以就没做解释。

陈娟说:我本来是想……算了,还是先说点别的吧。

苏秦说:陈娟,你不要回避这个话题,不要以为我对你不认真。

陈娟回过头说:我从来就没有怀疑这点。你要是那号人,我们还能这么样吗?虽然我们不是夫妻,但这并不意味着我可以包容你的放纵。我说过,我什么都可以给你,唯独需要你给我的,就是我的尊严。

苏秦说:我想我是给你留着的。

他们的谈话暂告一段落。等吃好饭,陈娟便把围裙一系,忙着刷碗去了。苏秦走到凉台上吸完一支烟,一边哼着京剧《捉放曹》的段子。然后他又去卫生间把浴缸里的水放满。他本来是为陈娟放的,但陈娟说:你陪我洗吧。

于是两人就落到一个浴缸里,澡没洗,倒是匆忙做了爱。

做爱就是这么有力量,刚才那种肃穆气氛仿佛是电视上播放的,现在怎么看都不是他们制造的,也一点都不真实。

女人躺在男人怀里,手在玩水,很满足地说:我们一直像这样多好啊。

男人说:是的,其实我们是可以很好地处下去的。

女人问:永远都这样?

男人说:这不好想象了,只能说希望这样过下去。

女人问:假如我们结婚了,过不了多久感情就疲惫了,怎么办?

男人说:那也得往下过啊。这不就是婚姻吗?一张纸要求你遵守一辈子呢。

女人说:也许就像歌里唱的那样,"平平淡淡才是真"啊。

男人说:狗屁啊,为什么要平淡?人到七十古来稀,斩头去尾二十年。就这一辈子,大部分就这么"平淡"了去,那还叫什么日子?经营不好婚姻,也就是不配拥有婚姻。

女人点点头说:想想也好不实际啊。

男人说:是不实际,但也没有看怎么修改,全世界都这样。

女人说:不过,真的过不下去,那还是可以离婚的,对吗?

男人说：我们不都已经离过吗？总不至于会有第二次吧？

女人说：那也未必。伊丽莎白·泰勒一生结了八次婚呢。

男人说：与其这么折腾，倒不如……

女人问：不如什么？你怎么说一半咽一半啊？

男人说：这个问题我想很久了。说出来可能有点荒谬。

女人说：怎么个荒谬，说来我听听。

男人说：我觉得婚姻也应该是多种形式的，最好实行合同制。

女人笑了起来，说：你该不会是在买卖人口吧？

男人说：我是说正经的。你看，合同制有什么不对呢？

女人说：婚姻本身就是一种契约关系，也就是合同关系，你这是多此一举啊。

男人说：这我懂啊。我是说，政府给的婚姻暗示着一种终身合同，尽管也允许离婚，但很多人因为这样的牵扯和那样的麻烦，就不愿意这么做了。于是就凑合着过了一生。而平淡的婚姻无非就是这样的三种前途——忍耐，欺骗，离异。

女人问：那你想的是怎样的合同制呢？

男人说：我的意思是，当事的双方制定一份属于自己的合同，是有期限的。

女人说：哦，你绕了这么大一个弯子，我总算明白了。你这是为自己找方便呢。和这个女人睡一年,再换个女人睡一年,这么一生下来,那可就大有斩获了。

男人说:你别这么狭隘。我是认真在和你谈的。你看,我们在日常生活中,任何法律、规章,都是来自上面;下面的只是遵照执行。《婚姻法》也不例外。现在呢,我们订立自己的规矩,每一条每一款都是经过我们当事人充分讨论的。然后我们执行起来就不会有压力了。这是一。第二呢,规矩还可以根据变化进行修改增删。第三——这个最重要,我们以一年为限,如果相处得好,就续签;不好呢,那就终止了。反正我觉得有意思。

女人想了想,说:听起来很诱人,但感觉还是像个圈套。

男人说:我们都这样了,还需要下套吗?

10

合同书

甲方:苏秦,男,1961年3月2日生

乙方:陈娟,女,1970年12月14日生

甲乙双方经反复协商,就试行"合同制婚姻关系",作如

下协议：

1. 概念。本"合同制婚姻",既不属于法定婚姻关系,也区别于普通同居关系。它具体解释为：在合同有效期内,双方按照现行《婚姻法》的标准,履行一切相关责任和义务。当合同期满、双方已决定不再续约时,相关责任与义务随之解除。

2. 称呼。在合同婚姻期间,双方对外称彼方为"爱人"。不得使用"妻子""丈夫""我太太""我先生"以及"我朋友"等敏感字眼。

3. 经济。家庭开支由双方均摊。双方在日常经济生活上严格实行"AA制",各自拥有自行的经济支配权。除双方赠送对方的礼物外,各自财产归各自所有,如果解除婚约,不存在财产分割。

4. 理赔。在合同有效期内,如果一方违背条约精神,给另外一方造成伤害,应赔偿受害方人民币十万元。

5. 生育。如果双方愿意生育子女,那么在婚约不再有效后,各自必须按现有的工资标准的三分之一支付子女抚养费,直到年满十八岁为止。将来子女的相关费用,也由双方均摊。子女享有双方的财产继承权。

6. 升格。当双方都有意愿,将此合同婚姻升格为法定婚姻时，应履行法定相关一切手续。

7. 其他。未尽事宜，可根据条件变化，随时进行增删修订。

8. 本合同有效期为一年。合同期满，可续约，可终止。如果续约，双方须重新签订合同。如果在合同有效期间有一方提出终止，另外一方有权保留两个月的协商时间，最后决定是续约还是终止。

9. 本合同一式两份，双方各执一份。自签署之日起生效。

10. 双方须严格遵守合同条款，以人格担保。

甲方：苏秦（签字）　　　乙方：陈娟（签字）

2001 年 5 月 9 日

11

还是需要一个仪式。

合同签署的那天晚上，当事的双方来到了三元桥附近的一家饭店，要了一个幽静雅致的包厢。坐定之后，苏秦拿出了一枚钻戒交给陈娟。

陈娟很高兴，拿起戒指，说：你会选东西。我喜欢这个款式，简洁。不过，我应该戴在哪根指头上呢？

苏秦说：起码这一年里，你得戴在无名指上。

陈娟便把戒指当场戴上了，说：苏秦，谢谢你。

两人拿起红酒，喝了一杯交杯酒。这个瞬间，两人都很感慨。那是一种很特别的情绪，喜忧参半，幸福中带有轻微的忧伤，陶醉中又透露出几分清醒。他们都明白自己在扮演怎样的角色。

苏秦今夜变得善饮，一瓶法国红酒，没多会儿就光了。他还想喝，但陈娟却制止了。陈娟说：你看你这个人，怎么就像个孩子似的？

苏秦说：我今天高兴啊。

苏秦有个很奇怪的生理现象，他平时不爱酒，也几乎不喝。可是一旦喝起来，就完全放开了。别人醉酒一般不是呕吐就是头疼，或者喜欢说胡话，喜欢乱来。而他不是这样，他喝高了，就特别伤感，会想起自己一生中那些容易悲伤的事情，然后眼泪就情不自禁地往下流。他的这种奇怪的反应总是让边上人不知所措，以为由于什么不慎而冒犯了这个人。此刻的陈娟就是这样，看苏秦流泪了，陈娟便开始了自我检讨，想自己刚才哪里出了差错，使男人变得这样了。可她实在想不出，刚才还喜笑颜开的，怎么突然就这样了？女人总是敏感的。女人一敏感，总在想一些敏感的问题。于是陈娟便想到了远在犁城的那个李小冬了。很多年前，当陈娟去苏秦家拿材料时，她面对女主人就有点莫名的紧张。李小冬并没有冷落她，相反对这个丈夫的同事很客气，可陈娟还是紧张，她自己也弄不明白这是为什么。好像她心里的秘密在李小冬面前泄露了。这次，又是因为李小冬不合时宜的出现，使他们即将到手的法定婚姻变成了现在的所谓"合同婚姻"。陈娟想，李小冬真是个厉害的女人啊。和苏秦离异了这么多年了，影子却还在这个男人身上魂一样地潜伏着。

陈娟说：苏秦，你别这样好不好？你要是觉得，这一纸合同还是束缚了你，那么我们就把它提前终止好了。

说着，陈娟也流泪了。

苏秦说：陈娟，你想错了。我是这个合同的主要策划人和当事人之一，我怎么能这么快就后悔呢？这不成儿戏了吗？那我还叫人吗？我这是高兴啊，一高兴就……

苏秦话没说完，就起身去洗手间了。男人在洗手间解好小便，又用凉水洗了把脸，他对着镜子看了看自己，有点不喜欢镜子里的这个男人。

从洗手间出来，苏秦便遇上了一个久违的朋友。这个人是个记者，苏秦拼命写东西的那几年，他们常在一起聚，感受那种所谓的沙龙气息。那人喊了苏秦,说你这家伙真是神龙见首不见尾啊,听说你在北京混几年了,怎么也没个信儿?

苏秦说:我给你打过电话,你的手机号码作废了。

那记者说:是的是的,都是女人闹的。一好上就非缠住你不可,受不了这个。这不,又换了,我给你写上……

记者一边在名片上写手机号码,一边说:还是你小子潇洒,一个人,爱怎么着就怎么着。我每次和朋友谈起你,都他妈的羡慕,说你是"钻石王老五"。还是单身好,哪像我们……

苏秦随口答了句:其实也简单,过不好就离了呗。

记者说:有这么轻松啊?你没见人大讨论《婚姻法》那个难劲儿吗?就是感情实在不和的离婚,那也得先分居多少时候……

两人正说着,陈娟过来了。她是担心苏秦真的喝醉了,怕出事。女人的突然出现,让这个记者有点意外。他用一种很暧昧的眼神看着苏秦,那意思是:这又是你的吧?

苏秦倒一下从容了,把陈娟叫到身边,先介绍了记者,然后说:这是陈娟,我爱人。

记者一下就有点不知所措了,说:哦,哦……苏秦,这么大的事,你怎么也不对哥们招呼一声啊?

苏秦说：你这不都知道了？

陈娟也笑容可掬地说：改日去我们家玩吧。

回去的路上，陈娟对苏秦说：你回头得跟那个记者打个招呼。

苏秦说：为什么？

陈娟说：叫他别到处乱说咱俩的事。

苏秦说：他爱说就让他说好了。咱这也不是什么见不得人的。你在乎什么？

陈娟没有再说，她心里很甜蜜。

12

那个叫高宗平的客户又来了。这回，他一来就提出了请陈娟吃饭的事。高宗平说：陈小姐，我真的是很想单独与你聊聊的。

陈娟说：有什么话这儿不能聊吗？

高宗平说：这里毕竟是写字间，你就这么不给我面子？

陈娟说：那也不是。我是不习惯。真的，我一般不在外面用餐的。再说，我那位自己也不会做饭。

高宗平自然明白陈娟的这种暗示，但不局促，就说：你真的成家了？

陈娟想了想，说：就算是吧。

高宗平这才有些困惑：什么叫"就算是"？

陈娟说：你怎么理解都行啊。

晚上，两个人洗好澡。苏秦靠在床上看杂志，陈娟坐在边上叠衣服。

陈娟把高宗平请吃饭的事告诉苏秦，后者说：其实你就去好了，也没什么了不得的。咱们这样做，不就是图个轻松吗？

陈娟说：你就不怕我喜欢上那人啊？

苏秦把杂志往床头柜上一扔，说：这可是有合同的，得讲信誉，我还怕什么呢？大不了……

陈娟说：大不了什么？你把话说完啊！

苏秦笑着伸了个懒腰说：大不了合同期满，你提出不再续约就是了。

陈娟说：为什么就是我提啊？你是不是就盼着期满啊？

苏秦说：你这刁钻的女人，自己的事说着说着就绕到我头上了。

陈娟说：苏秦，真的，要是咱们这样生活了一年，我离不开你怎么办？

苏秦说：那就往下续啊，续到你烦的那一天为止。

陈娟说：要是你不愿意呢？

苏秦说：你别给我唠叨这个，合同上都有，自己琢磨去。

陈娟说：我要你正面回答。

苏秦坐起来，点了根烟说：其实啊，这不是一个问题，假如你觉得我的心思不在你身上了，你还这么死守着，值吗？你会比我走得还快呢。

陈娟心里放松了点，说：倒也是，我不会那么傻的。

苏秦说：是啊，你要是傻，我会觉得真是在给你下套呢。

陈娟说：还真不知道是谁套谁呢。

苏秦看着陈娟，这个瞬间他觉得眼前的女人特别迷人，自信中带着一点不容易觉察的羞涩。于是苏秦就说：你这话怎么听起来有点黄啊？

女人一下明白过来，把手里的衣服一扔，再把男人按倒在床，骑到男人身上。女人笑着说：你这流氓！

13

秋天的时候,有一天苏秦接到了李小冬的电话,说他父亲住进了犁城的医院,看样子很严重。苏秦问,到底是什么病?李小冬说,你回来不就知道了?这个电话是你妈让我打的。

那时候陈娟正在日本的名古屋,参加与日方的一个合作项目谈判。苏秦预感到父亲的情况不妙,撂下电话,便坐飞机于当天的黄昏赶回了犁城。他匆匆从机场走出的时候,一眼就看见李小冬在出口处不远的一棵树下等他,手里拿着的还是那把酒红色的伞。这让苏秦有点意外,因为在他与李小冬做夫妻的那五年里,每回出差,李小冬从来就没有什么接呀送的。现在她却来了。这班飞机晚点四十分钟,他想李小冬肯定来了好久了。

男人迎着女人奔过去。女人见面就说:苏秦,你父亲患的是肝癌,到晚期了,你得有点准备,要不你妈会受不了的。苏秦一听,脑子里就嗡了起来,便靠在那棵树上不想动了,眼泪也禁不住地涌了出来。李小冬也没怎么劝他,只是不断地把纸巾递到了男人手里。后来他们一起上了出租车。临近他们以前的住所位置,李小冬要求先下车,她说:我就不陪你去医院了。

苏秦点了点头。

李小冬又把苏秦的头发顺手理了一下,说:苏秦,你都四十出头了。人到这个年纪,也就是到了该承担具体责任的阶段。你得想开点啊。

苏秦说:谢谢你。我会的。

苏秦直接去了医院,看见父亲已经躺在了病床上,身上到处都插了管子。他母亲一见儿子回来,就在医院走廊里哭得不行。苏秦把母亲搂得紧紧的,什么也没说。那时刻苏秦就觉得父母这辈子过得很不容易,他们唉声叹气的日子远远多于欢乐的时光。苏秦在南方的时候,有一次回家,正赶上父母争吵。起因是母亲收到了一封信,写信的是当年想与母亲谈恋爱的一个男人。那人现在哈尔滨,写信来,想请她过去玩玩。母亲把这信给父亲看了,于是父亲就很不高兴,说那家伙至今还放不下你啊。母亲说:你这话什么意思?父亲说:你自己总该心里有数吧。父亲的暗示很清楚,但确实很冤枉。当苏秦知道这件事后,产生了一个很怪的念头,很替母亲惋惜。可他并不因此而不安,就随口说了句:你们既然过不好,我看干脆办离婚吧。

这句话说得很平淡,却把事态给控制住了。几天后,苏秦的妹妹从纽约打来了电话,苏秦在电话里也把这意思说了,不料妹妹却说:你疯了?这么老了还离什么婚啊?苏秦说:离婚也没有什么年限啊!妹妹说:苏秦,你不要以为你自己离婚了,就巴不得天下人都想离婚!你这人有点变态!妹妹说着就把电话给撂了。

父亲的病显然是没治了。可苏秦还是想把父亲弄到北京去住院,父亲却坚决不同意。父亲倒还不是舍不得花儿子的钱,而是不想临了落在外地,尽管那是我们的首都。这样,在犁城医院住过两周后,他送父亲回到了生活了一辈子的小县城。那些日子做儿子的一直都在父亲床前守着,他告诉父亲,自己已经再婚了,并且拿出他和陈娟的合影给老人看。母亲说,这个女孩长得虽说没有李小冬好看,不过看上去脾气还不错。苏秦说是的,如果不是陈娟在日本,她会随自己一起回来。父亲就叹了口气,说:我怕是见不到了,你们好好过日子吧。

苏秦认真地点了点头,说:我们会生一个孩子的。

父亲想了想,说:那是你们的事情,你们商量着办吧。

父亲的回答让儿子感到有点意外,也多少有点费解。老人不是盼着看见第三代吗?怎么现在反倒不迫切了?这个困惑直到父亲临终前,和儿子单独进行的一次谈话之后,才得到相应的解释。关于这次谈话，苏秦已经记得不清楚了，但有两句话他是终生忘不掉的。

父亲说：我这辈子最对不起的人，是你妈。

父亲说：我最对不起她的一件事，就是让她怀上了你。

苏秦很困惑地看着垂危的父亲。

父亲说：她嫁给我的时候才二十一岁，如果她不马上怀孕，可能我们很快也就分开了。她会过得比现在好。

后来，那是在父亲去世后，苏秦把母亲接到北京散散心，转弯抹角地对母亲说出了这件事。母亲听了，还是很感动地流了泪，然后看着天安门广场竖立的那个庄严的华表，叹道：其实，换一个人又能怎样呢？

14

父亲过世后，苏秦便开始着手为母亲办理去美国探亲的签证手续。父亲的死，妹妹至今还不知道。苏秦想让母亲在那边住些日子，好好调整一下。

母亲已经知道了苏秦和陈娟的现状，就说：你不和陈娟正式结婚，我兴许也就不回来了。

母亲的话明显带着指责，她不愿意看见儿子和一个女人过这种不伦不类不明不白不清不楚的日子。但她对陈娟这个人却没有什么不满，觉得这个未来的媳妇很乖巧，也懂得讨老人的欢喜。母亲从前对李小冬的意见，是认为她不识惯，却又说这个过去的媳妇其实心眼不坏，就是个性太强，事事要占上风。这回苏秦父亲从县里来犁城住院，前前后后就是李小冬一手操办的。但她与这个家庭实际的关系在八年前就已经割断了。

那几天，陈娟回到了自己的屋子里。看着自己很久不住的房子，到处都散发出霉味，陈娟的情绪变得有些伤感。我这算什么呢？她这么抱怨着，自己和那个男人一起生活了半年多了，结果还得避着他的母亲。那老人并不是自己的婆婆。陈娟这样想，就替自己以及自己的父母伤心起来。她想这个眼下局面终归还是个问题，怎么看都缺了应有的严肃。

女人的心思男人是猜得出来的。苏秦知道陈娟这阵子心里会有压力，会感到委屈。然而他却以一种出乎女人意料的方式把这个问题解决了。那就是，让陈娟单独送母亲回故乡。起初陈娟有些犹豫，觉得不合适。苏秦就说：没有什么不合适，就怕你不愿意。陈娟一口就答应下来说：我愿意。从后来的情况看，苏秦的这着棋是妙棋，陈娟这一趟回来，情绪变得空前的好。她夸苏秦的母亲是一个极有内涵的女人，说她身上有一种"旧时王谢堂前燕，飞入寻常百姓家"的感觉。陈娟还托上海那边的一个关系，为苏秦母亲的赴美探亲签证行了方便。那个阶段，是他们实行合同婚姻以来最为甜蜜的日子。或许天下做儿子的都是这样，一旦感觉自己的女人和自己的妈相处甚好，就会心满意足。

陈娟回来的那天晚上，苏秦的情绪也特别好。这回是他主动提出来的，他说：春节前我们还是回犁城把事办了吧。

陈娟笑了笑，说：是因为你妈吗？

但是又一个问题随之而来了。陈娟说：你父亲不在了，你妈在美国也不会定居的，以后你怎么考虑的？

苏秦说：你这么问，意思我已经明白了。

陈娟说：我没有什么别的意思，谁都有老的那天。我只是觉得，两代人在一个屋檐下，日长天久会有很多的不便。

苏秦没有作声。他想这个问题眼下还不需要操心。

时间过得很快，转眼便到了年底。像季节的更替一样，这对合同婚姻的尝试者，在经过九个月的生活后，也进入到了冬天。

当北京下起第一场雪的时候，苏秦突然接到了犁城一个朋友的电话。那人说：苏秦，李小冬出事了。

当时苏秦正在刷牙，听见"出事"，手里的牙刷便落到了地板上。

出什么事了？苏秦急迫地问，怎么就……

朋友说：李小冬昨天和几个朋友去郊外的旱冰场学溜冰，不小心摔了，右盆骨骨折，现在正在医院里打着石膏。

苏秦焦躁地说：都这么大人了，还溜什么旱冰？是她让你打这个电话的？

朋友说：那倒没有。我只是觉得应该对你说一声。

苏秦说：我知道了。

放下电话，苏秦就打了陈娟的电话，可是却没有人接。苏秦又打她的手机，还是没有人接，他估计陈娟正在开会。于是苏秦便赶到北京站，从一个票贩子手里买了当日下午六点去犁城的车票。然后回到家，他又在网上查询了一下北京的几家著名的医院，想了解一下骨科的治疗情况。等忙完这些，陈娟的电话来了。

陈娟说：你找我啊？

苏秦说：你回来一下吧，我有事与你商量。

陈娟说：电话里不好说吗？

苏秦说：也没有什么不好说的，我只是觉得当面对你说比较好。

陈娟在电话那端停了片刻,说:又是与李小冬有关?

苏秦就简单地把事情的原委说了。他说:我得回去看看。

陈娟问:你打算什么时候动身呢?

苏秦说:我刚才去买了今天下午六点的票。

陈娟说:你连票都买好了,还需要和我商量什么呢?

苏秦说:商量还是需要的。事情紧急,所以我……

但对方已经把电话挂了。

苏秦有点生气了,虽然他能够理解女人天性中狭隘的一面,但还是有些气恼。李小冬摔成这样,你陈娟怎么就没有个同情心呢?他坐在沙发上不断抽着烟,这个瞬间,他有了庆幸没有和陈娟做法定夫妻的念头。这是他们一起生活九个月以来,第一次产生这样的念头。他感到很惊讶,因为这个念头太恶了,于是又引起了不安与自责。他掉过头为陈娟想想,觉得她也不容易。事情来得太突然了。每天睡在她身边的男人,现在要回去伺候他的前妻,一去就得多少天,除了要给那个女人端饭倒水倒痰盂,还得把她抱上抱下,这肯定不是什么好滋味。等情绪稍微平静了点,男人开始收拾自己的行装了。他为陈娟留了六千元钱,因为按照协议,他负责支付房租、水电以及物业管理费的开支。

陈娟还是请假赶回来了。女人进门时,男人正把装钱的信封放到餐桌上。他从女人的脸上也看见了气恼。

苏秦说:这是这个月和下个月的一些费用。

陈娟说:连下个月都安排好了?真难为你还这么周到。

苏秦说:你今天说话怎么老是阴阳怪气的?

陈娟说:嫌难听是吗?那你也可以不听啊。

苏秦说:陈娟,你不要这样咄咄逼人好不好?

陈娟自嘲地一笑:我还咄咄逼人吗?我简直连个人也算不上!

苏秦说:咱们别抬杠行吗?我回去,也就是照顾一下她而已。她一个人在犁城,父母也不在身边。

陈娟说:我就不信她李小冬身边没有能够伺候她的男人。

苏秦说:如果真有,那我很快就回来。

陈娟说:要是没有呢?你是不是就准备一直伺候到她完全康复?

苏秦一下就抬高了嗓门,说:陈娟,你这个人怎么一点同情心也没有?

陈娟的眼泪涌出了眼眶:苏秦,你欺人太甚了!

苏秦把行李拿到手上,厉声说:我告诉你陈娟,只要这个女人还没有被别的男人接过去,那她就还归我管!

说完,他提着箱子就出门了。

陈娟在男人的身后哭喊道:苏秦,你会后悔的!

15

大概没有人会知道,离异的李小冬是怎么把八年的日子过下来的。在大家印象中,这个骨子里特别要强的女人似乎一直过得很好。李小冬与苏秦离婚时只有二十八岁,又没有子女的连累,所以看上去还像一个未婚的姑娘。她本来就是一个漂亮的女人,又善于打扮,穿着得体,走到哪里都会有男人注意她。离婚之后,苏秦去了南方,李小冬也开始试着与男人交往,甚至也打算再婚,但几个回合下来,她就感到索然无味了。首先,她厌倦那种轧马路、看电影、下馆子的恋爱模式,觉得如此的人生第二回实在有点乏味。其次,前夫苏秦无疑是一个有形的参照物;女人再找,心里会有个衡量的尺度——她不能找一个明显差于苏秦的男人,哪怕那个男人拿她当宝贝。第三,过去的经验使她对经营一场婚姻缺乏应有的信心,她自觉身心已经相当疲惫了。

后来陆续传出了关于这个女人私生活的少许消息,算不上什么绯闻，但对听者仍不丧失吸引力。有人说李小冬可能与本厅的一个副厅长有点名堂。那是个场面上很严谨的中年人，善于做不同类型的报告，在犁城拥有不小的知名度。那还是一个口碑甚好的男人，妻子是一个很普通的职员，提前退休了，他却一点不嫌弃。不过又说，那人的妻子为了照顾在外地念大学的儿子，专门在学校附近另租了房子，平时并不怎么爱回家的。也有人说，李小冬最喜欢的还是自己大学里的一个老师，据说经常去他那里。总之，大家私下觉得，像李小冬这样的女人是不会闲着的，或者说，闲着也太可惜了。这些话传到苏秦耳里，开始他还是有点不舒服。苏秦曾经就这些事很策略地问过李小冬，后者立刻就反击：你是不是管得太宽了？苏秦说，我不是想管你，我只是提醒你不要出卖。李小冬冷笑着说：真是可笑，就是出卖，那我也是出卖自己啊，我并没有出卖你苏秦的老婆。此后苏秦也就不再打听了。其实他内心是很希望李小冬找个好男人嫁出去的，这样他也就没有任何牵挂了。这个念头，直到昨天夜里在火车上都还没有打消。

犁城的李小冬事先根本就没有想到苏秦这么快就回来了。苏秦一下火车，就直接去了医院，那时李小冬正在吃早饭。她的单位请了个护工来伺候，但她总觉得别扭，凡是不满意的地方也不便多说。李小冬本来就是个很挑剔的女人，现在却变得有些窝囊了。她为此感伤，情绪也随之暗淡下来。所以当她看见苏秦那张熬夜的脸时，还是忍不住地流了泪。女人的脆弱这个时候充分表现出来了，最后竟旁若无人地哭了起来。李小冬说：谁叫你回来的？我并没有指望你回来啊。你是可以不回来的啊。你不欠我什么的啊！

女人就这么哭诉着，苏秦坐到了床边上，想帮她擦擦眼泪，却被女人推开了。

等女人发泄完平静下来后，苏秦才说：你这人，都这样了，还那么要强。

李小冬说：我知道你就是等着看我的后悔。我告诉你，我不后悔。一点也不。

苏秦说：行了，好好躺着吧。我回来，是因为别的男人插不上手——他们总躲在幕后。想想也真够意思的，那些在背后总对你说爱呀爱的男人，一有事，就都不好出面了。

李小冬说：我的事不用你管。

苏秦说：李小冬，我对你说，这回你好了，还是老老实实找一个可以为你出面的人。

李小冬说：你少啰唆好不好？你不是要和陈娟结婚吗？快结了吧，趁着你还不老，让她为你生个儿子去。我这里不需要你。

苏秦差点又生气了,想想咽了下去。他拿起床下面的痰盂,去了卫生间。苏秦在那里抽了一支烟,心想这事真够窝囊的,简直就是老鼠钻风箱,两头受气。他最大的委屈还不是陈娟那里,他知道陈娟的脾气,也就是一个不平衡而已,或许一阵子也就过去了。他委屈的是,那些曾经和李小冬有感觉的男人怎么都缩着不出面了?为什么就不能出面呢?

都是些什么鸟啊!苏秦不禁这么骂了句。

16

在陈娟记忆中,那一年北京的天气大概就是从苏秦离开后开始变化的。那些天和女人的心情一样,总是很阴晦,时常落一阵子小雨。那时候陈娟就盼着公司安排她出一趟差,她不想像件家具那样摆在家里。她的睡眠也成了问题,总是在半夜里莫名其妙地惊醒,然后就翻来覆去地折腾到天亮。她怀疑自己有点轻度的神经衰弱。陈娟的心事,同事顾菲菲很快就看出来了。她用一种意料之中的口吻问陈娟,是不是与现在同居的那个男人分手了?陈娟对"同居"这个词很敏感,她说:什么同居啊,我们是……打算结婚的。顾菲菲说:那又能怎么样呢？你还拿婚姻当作一剂包医百病的良药？

接着顾菲菲就说，她最近在网上看到了一个资料，那是国外的一项新的研究成果。那项成果表明，按照人的思维与情感结构，最饱满的情感状态只能维持两百一十天到两百七十天，也就是七个月到九个月的样子。

陈娟很不屑地说：菲菲，这也太玄了吧？

顾菲菲说：你可别不在乎，这是科学。

陈娟说：这算哪门子科学？纯粹瞎掰。我告诉你，我那位并没有和我分手，我也没打算离开他，只是他现在不在我身边，有点想他罢了。

顾菲菲就不再说了，只对陈娟很友好地笑了一下。那绝对是一种包含着"红旗到底能打多久"的笑容。

又一个周末到了。天气预报说，今天又是小雨夹雪，可天黑了也还没见下到地面上。下班的路上，陈娟又遇上了一件倒霉事——她的车"追尾"了，由于刹车不及时，顶上了前面的一辆夏利的士，一看就是她的全责。那司机本来气焰很高，跳下来就要去找交警。可是一看顶他的是一个年轻女人，还是一个很顺眼的、看上去很斯文的年轻女人，也就把火气敛住，只说要赔点钱。陈娟问多少？司机说：算了吧算了吧，就两百吧。陈娟很感激地给了那司机两百元，又很惋惜地看着自己的新车被撞坏的右前灯,再从那破碎的玻璃上看见了自己变形得不成样的面容,轻轻叹了口气。陈娟把车开回方庄的住地,进门就先去卫生间往浴缸里放满了水,然后就泡在浴缸里,想着刚才那司机的表情和口气。她从那张粗糙的脸上看出的是一种对自己的怜悯。居然连一个开出租的也在可怜她了。陈娟情不自禁地号啕大哭起来。她已经很久没有这样放肆地哭过了。

等她哭够了,从浴缸里起来,也没有胃口去做晚饭了,就从冰箱里拿出一块面包和一瓶酸奶。然后,她顺手就把电脑打开了。今夜她准备上网找人聊天。连网名都想好了,叫"两百七十天之后的女人"。陈娟想如果遇上懂得这含义的人,她就同他聊下去。聊什么话题都行。这种生活在她与苏秦相遇之后,实际上就已经结束了。如今死灰复燃,实在是因为太无聊。

这时门铃响了。

透过"猫眼",陈娟看见了脸部显得古怪的高宗平,但男人手里拿着的一束红玫瑰却因变形而更好看。

陈娟换好衣服,请高宗平进来:高先生,你是怎么找到这里的啊?

高宗平说:是你们顾小姐对我说的。

这个顾菲菲真是添乱了,陈娟这么想着,但还是很高兴地接过了男人递过来的红玫瑰。这花的颜色实在太浓郁了,每一片花瓣都像丝绒做的。她把它认真插进了茶几上的仿水晶的花瓶里,觉得室内的气氛一下就改变了,非常温馨。

高宗平说:陈小姐,希望你能原谅我的冒昧。

说着,高宗平就主动来换拖鞋了。这个屋子里就苏秦一双拖鞋,是陈娟亲自在"新世界"买的,与她脚上的这双是一对。当高宗平的脚从皮鞋里退出来,正欲往那双拖鞋里放时,陈娟不禁叫了声:高先生,别换了。

高宗平说:还是换换吧。

陈娟就上前把男人拉住了。陈娟说:我这里本来就还没有打扫,没关系的。谢谢你的花,我喜欢。

高宗平说:那我很高兴。这可不是在北京花市上买的啊。是我专门让一个朋友从昆明带来的。

陈娟突然有些感动。在给高宗平沏茶时,她居然从矿泉壶里放出了冷水。

高宗平是一个很爽快的男人,所以坐定之后,就开门见山。他说:陈小姐,我们认识这么久了,到现在我才知道你真实的生活。

陈娟心里有数了,就说:怎么,高先生不至于会因此而轻视我吧?

高宗平说:那怎么会呢?这是你的选择嘛。

陈娟说:那就好。

高宗平说:我听顾小姐说,你和你现在的男朋友签了份什么合同,不知怎么回事,我有点替你担忧。这是我今天一定要来你这里的目的。

陈娟说:高先生,我不是和一个男朋友在一起。在一起的那个人是我爱人。

高宗平说:爱人?

陈娟说:对,是爱人。

高宗平问:不会是法定的吧?

陈娟说:这不过是一个形式问题,或者说是一个手续问题。在我心理上,这个词不比法律所赋予的意义轻多少。

高宗平说:我赞赏你这种达观的态度。不过,我真的很替你担忧啊。

陈娟说:谢谢你高先生。我们都是成人了,受过良好的教育,经济上也独立,谁也不会依附于谁的。况且我们过去就很了解。

高宗平说:既然这样,那么为什么不正式履行结婚手续呢?

陈娟说：对于当事的双方，我们也是正式的。我们想要的是一种纯粹。

高宗平说：看来，你过得比我想象的要好。但我还是要坦白地告诉你，我喜欢你，我觉得自己的机会还在。我相信我有这个机会的。不过今晚我不想说很多了，今晚我来，是祝你生日快乐。

陈娟吓了一跳。今天是 12 月 14 日，是她满三十一岁的生日，连同她自己在内，几乎所有与她相关的人都把这一天给忘了，而记住的恰恰是一个不相干的人。

陈娟说：您是怎么知道的？

高宗平扶了扶眼镜说：我也是无意中知道的。上回我去你那里，你大概正在预订机票吧，对着电话说你的身份证号码——其中有 701214。

陈娟内心还是起了波澜，她想这真是一个很细心的男人，不过那回她可不是在预订什么机票，而是委托犁城的同事帮她开一份婚姻登记的介绍信。那已经过去很久了啊，女人想，真的好像很久了。高宗平看到茶几上的面包和酸奶，就断定女人还没有安排晚餐，就发出了邀请：陈小姐，我们还是出去坐会儿好吗？

陈娟没有拒绝。她想这个男人也很不错的。她甚至想，如果没有和苏秦遇上,她也许会答应这个人。可是现在不行。至少这几个月以内不行。绝对不行。

临出门的时候,陈娟故意把手机留在了屋里。陈娟说:高先生,其实作为女人,我自觉并不出色。

高宗平说:喜欢的就是最好的——这是我一贯的原则。

那个晚上女人想必是愉快的。但女人或许没有想到的是,就在她离开房间之后,屋子里的电话就响了。那是来自千里之外的电话,是一个叫苏秦的男人站在风中的犁城街道上,用磁卡拨过来的。那个男人也想对她说:祝你生日快乐。

17

医院里的李小冬恢复得挺好。单位里的领导、同事偶尔来探视,给她带来水果和鲜花。他们见苏秦这么忙前忙后,就当面夸他如何如何。苏秦也不觉得难堪,就说这是应该的,一日夫妻百日恩嘛,何况一起生活了五年。女同事还开玩笑说:你们的缘分没尽啊,干脆复婚算了。李小冬马上就接过话头,说:这可不成,人家马上就要做爸爸了。我和他就这样当个亲戚走动最好。苏秦,你说我们算不算亲戚?苏秦说:那是自然的啊,可你实在是个让人头疼的亲戚。那时的气氛最热烈,李小冬也明显感觉自己的伤势在好转。

这天,苏秦打开水进来,看见一个穿呢大衣的男人文质彬彬地站在李小冬床前,正把一束鲜花往床头柜上放。从背影上看,此人就是那个副厅长。一看李小冬阴沉的脸色,门外的苏秦就明白当初的传闻并非虚构。他没有打算进去,脚下正迟疑着,就听见李小冬在抬高嗓门喊:苏秦,我要上厕所!

苏秦就进去了,没有看那个男人一眼,就把李小冬扶起来,再让她伏到自己肩上。那人自然很尴尬,主动对苏秦说:你就是苏秦吧?

苏秦说:我是。

那人说:我今天来,其一是代表组织……

苏秦打断说:我是个没有组织的人,也不习惯和有组织的人打交道。

那人的脸便一下涨红了,伸出来的手又慢慢收了回去。苏秦还是不看他,把李小冬背出了病房。那一刻苏秦感觉特别好。等他们回来,副厅长已经离开了。李小冬慢慢躺下,顺手把刚才那束花扔出了窗外。

没有多久,李小冬就可以坐上轮椅了。通常每天的下午,苏秦都要把女人推出来，呼吸一下户外的新鲜空气，看看花园里的景色。这天苏秦推着她，刚下电梯，就看见一个男人正把自己的女人往电梯里背，与他们摩肩而过。等电梯门合上后，李小冬随口说：这个人怎么还在这里？

苏秦问：你认识？

李小冬说：我去年来体检的时候就看见他了，总是穿这件没有熨烫的灰西装。一年四季好像就这件衣服。

苏秦说：可能他老婆得的是慢性病吧。

李小冬说：这样的夫妻还真难得。

苏秦说：是丈夫的，那就得尽丈夫的责任嘛。

李小冬仰头看了看苏秦，说：你觉得很委屈？因为你现在是不需要来这么做的。而且……

苏秦说：而且什么？

李小冬说：你家陈娟可能还不高兴吧？

苏秦就笑了笑，没说话。

李小冬说：女人都这样，换了我，也一样。你可别怪她。

苏秦看着天说：其实我们还是独立的。

李小冬说：这个"我们"是指你和陈娟吗？

苏秦说：是的。

李小冬说：怎么，你还没和人家办呢？女人可都是想要归宿的啊。

苏秦说：那也未必吧。你不就不要吗？

李小冬说：谁说我不要？我是没有遇见合适的。

苏秦说：是啊，都在找合适的。再说什么才叫归宿呢？是家吗？那家又是什么呢？

李小冬说：你说家是什么？

苏秦说：家就是放屁都不需要憋的地方。

医道上有一说，叫吃什么补什么，弄不清有多大的道理，但谁都这么做。那些日子苏秦成天就是委托附近一家餐馆炖骨头汤，李小冬都吃腻了，苏秦还是要坚持这么做。李小冬说：看来你前世欠我骨头汤呢，这下全还清了。

今天苏秦刚提着炖好的骨头汤，正准备送到病房，在走廊上忽然听见病房里传出了几个熟悉的声音——李小冬的父母从家乡来了。李小冬本来没有把自己摔伤骨折的事情对家里说，看来通报消息的是另有他人。可能就是某一个"不好出面"的男人吧？苏秦这么想着，就没有打算再进去。他觉得再面对从前的岳父岳母是一件很尴尬的事，尽管当初的离婚是他们的女儿提出来的。于是他就把盛骨头汤的保温瓶交给了值班的护士，让她转交李小冬。苏秦没有留下任何话，就悄悄离开了。

他走出这家出入几十天的医院,在门口,还是回头对着住院部的那幢米黄色的高楼看了看。

18

三天后的下午,苏秦由犁城回到了北京。从北京站走出来,正是漫天的黄沙飞扬。他第一次觉得这个大而无当的城市让他很陌生。春节快到了,来京打工的人和放寒假的大学生,都拥挤在站前的广场上。来的时候,那趟车是很空的。苏秦突然有了一种失落感,也有点伤感。过了年,他就迈过四十岁了,可他至今还住着租来的房子。人们兴冲冲地赶回家团圆,他却要回来。可这里究竟是不是他的家,还是一个问题。圣诞节前夕,母亲办好了去美国探亲的签证,此刻,她正和妹妹一家团聚。那是三代人的一次团聚。

他没有给陈娟发信息,今天是星期六,他想女人这个时候可能在家里吧。

出租车一直开到了苏秦住的那个小区。远远看见窗户打开着,男人就意识到自己的判断错了。女人不在家。室内还是很整洁,但从茶几上落满的花瓣看,女人离开这个空间至少有三天。

苏秦坐下后，不想收拾屋子。他慢慢感到自己确实到了非常疲惫的时候，好像浑身每个关节都松动了，骨头也软化了，剩下的仿佛就是一堆肉。他仔细推算着，却怎么也算不准确究竟有多长的时间没有与陈娟通电话了。

男人把散落在茶几上的花瓣一片片地收拾起来，一共是九十九片。他琢磨着，忽然觉得这个数字和某个数字应该大致相同，心里便涌出了一阵强烈的酸楚。然后他就在沙发上睡着了。等他醒来的时候，外面的天色已经完全黑了。

他收到了陈娟的一条信息：还有一百天，我们的合同就期满了。往后呢？

这时候，又一片枯萎的花瓣在男人眼前落下了。

2002 年 7 月 23 日，合肥寓所

重瞳

——霸王自叙

重瞳——霸王自叙

羽生重瞳。

——司马迁《史记·项羽本纪》

我要讲的自然是我的故事。我叫项羽。这名字怎么看都像个诗人,其实我自己早就觉得是个诗人了,但没有人相信。而民间流传的那首"力拔山兮"又不是我的作品——我不喜欢这种浮夸雕琢的文字。我的诗倒是真有不少,可我却没有把它们刻到竹简上。我觉得最好的诗还是保留在头脑里好,也比较安全。文字是个奇怪的东西,有时候它可以把人事固定下来,这大概就成了你们所说的历史吧?于是你们就根据这些文字去揣摩从前发生的那些事儿,但你们至少是忽略了一个问题——写历史的人又是如何知道"从前"的?而且据我所知,这个国家一般主张后人撰前史,就是说,对当时发生的事是不允许做记录的,就是你记下了也不算数。这很有趣,好像后人总是高明一些。有一种较为普遍的说法是,拉开一段距离才能看清楚。这让我困惑,当时看不清的难道"拉开距离"就看清楚了?不过,我又很理解。当时的人——我指的是那些所谓的"历史人物",总爱把自己描绘得很漂亮,所以不那么可信。这一点,嬴政那家伙是个高手。他之所以要把那些书以及写书的人全搞掉,就是想把"从前"一笔勾销,一切从他开始,这未免也太天真了。关于历史,我说不出更多的话语,但我一直在思索着。有一天清晨,我在乌江边上吹箫,碰见一个孩童,我就随便地问他:你懂历史吗?历史是个什么东西?那孩子认真地看了看我,突然说了句让我惊讶的话,他说:当人坏了历史就开始了;当人变好了,历史就结束了。这孩子说完就在我身后消失了。我还愣在那里,觉得这件事很奇怪。我想这孩子分明就是个奇人,让我想起张子房曾吹嘘过的那位黄石公。我承认这大千世界确有奇人。但我不是奇人。我不是像你们印象里的那个"力能扛鼎"的大力士,我的身高也没有八尺,非但不是,我自觉修长而挺拔的身材还散发着几分文气。我知道民间关于我的传闻,比较正宗的源头还是西汉那个叫司马迁的太史公。他写了我的本纪，慷慨给我以帝王君主的地位，把我写得挺好，至少写得比后来真的帝王刘沛公好。我想这或许与太史公当时的境遇有关，这个人不过是为李陵说了几句好话，就无端地让武帝给废了。但他仍然是个男人，他大概把自己作为男人的种种理想一揽子寄托到了我的身上。这让我同情，也让我多少有些尊重。所以我还是要感谢他——不是因为他视我为帝王。那年我到咸阳后，要称帝比写一首诗还容易，我想这大概不是海口狂言吧？我要感谢太史公，是觉得他把我的故事大致说得不错，但那还是一鳞半爪，而且许多地方不是那么回事。这就是我今天要出来说几句的原因。我没有别的意思，反正我已死过了两千多年，问题是有些事只有我自己知道，我要不说，就会越传越邪乎，以致我到现在莫名其妙地成了戏台上的一个架子花脸。这让我沮丧，我极不喜欢那个怪异的脸谱。他让我想到神魔，而我是人，是个有诗人气质的男人，是出色的军人。我死的时候也不过三十一岁，用你们今天的话说，我完全称得上是朝气蓬勃。

有一个叫周生的人曾告诉太史公，说从前的虞舜是目生重瞳，而我也是。太史公用了个"盖"字来表示对这说法谨慎的可疑，但这恰恰又是真的。我想我的故事还是从我这重瞳子说起吧。

1

我也是很迟才知道自己生有重瞳的。那是公元前210年春天的一天清晨，我和叔父项梁从吴中来到这乌江边上度假。像往常一样我三更即起，然后就在院子里开始舞剑。我不喜欢我这把剑。我一直向往得到的是从前楚王散失在民间的那对青锋鸳鸯剑。这闻名天下的兵器出自干将莫邪之手，三年铸成。据说这剑带给人的不仅是胆略，还有灵气。我渴望它已经很多年了。然而这个早上我还不知道这剑对于后来的我具有更为深重的意味。做完这件事，我就去乌江边上吹箫了。我觉得这个时候吹箫很舒服。箫这乐器天生就是吹给自己听的，不能让别人欣赏。我不信乐谱，吹的大概要算自度曲吧，但它又严格遵守了我们楚歌的韵律。我们楚歌的韵律是十分丰富的，从不受五音的约束。它的魅力不在于气势恢宏而在于本质上的悲怆。我每次的吹奏感觉又都不一样。那正是我短暂的一生中最早的忧郁时光，我思念着很久以前死去的祖父。关于这一点，太史公说得不对，甚至非常错误。我祖父项燕并非死于秦将王翦枪下，他是饮剑自尽的。虽说都是一个死，但之于军人，自裁无疑是光荣的。这个细节我之所以喋喋不休，是因为太重要了。它不仅仅是关乎我项家的荣誉名声，更要紧的是它预示着宿命。很多年后，某种意义上讲我的归宿实际上也是对我祖父的一次公开模仿。那一刻我想，一个人的血液是没有办法改变的，我们项家祖祖辈辈为楚将，死不足惜，但的确要考虑怎么个死法。或者说，要选择死亡的方式。像后来我叔叔项梁那么个死法就太窝囊了，人家喊了他几天的武信君他就牛皮烘烘，整天价日地喝酒，结果让章邯十分轻松地就把他给砍了。这也是我后来不杀章邯的真实原因所在，据说他让我叔叔与他比画了几下，还了他个大致的军人本色。而章邯本人后来却当了我的俘虏。

  我祖父的死对我打击很大。他是个没有野心的人，却又不甘寂寞，好像不打仗就活不了。那年王翦掳了楚王，他又扶昌平君为王，接着干。最后在一个雨夜，老人让手下把他的头颅和一箱兵书交给了我这个做孙子的。这让我很为难，也很困惑，我知道祖父这个举动暗示着什么，尽管那时我不过是个孩子，但我实在对驰骋沙场马革裹尸兴趣不大。我想那时我内心还是非常虚弱的，某种意义上，我对嬴政那家伙还很含糊。他荡平了六国，一统江山，成了中国第一个皇帝，我不可能不含糊。直到这一天，事情才起了变化。

这天早晨我忽然觉得眼睛变得特别明亮。我站在乌江边上,好像目光把江水给劈开了,一眼就能望见底。这无疑是个奇迹,我就捧了一捧水来照自己,然后便看见了我的每只眼睛里居然有两个瞳孔!而且它们正朝一块叠呢。越叠就越发清晰。我有些不知所措,就好好洗了把脸,想让自己清醒一下。我一边犯嘀咕一边沿着江岸往东走,还是觉得这事太像个梦。这时,我看见了江心的位置上沉有一把画戟,很漂亮,但是我没有下水去把那东西捞上来。或许那时我已预感到,要想得到那支画戟,接踵而至的便是无边的麻烦。这是我所不愿意的。后来我走到一个坡上,坐下来,想借吹箫来把刚才那点奇怪忘掉,我不太喜欢这种神神道道的东西,虽然发生在我身上的这件事是真实的,但我也还是不喜欢。我就开始吹了。当时我背靠着乌江,面向北,吹起的箫声听起来的确有几分悲凉。我不知道这算不算亡国之声,但在这浑厚凄切的箫声中,我又一次看见了我祖父项燕的背影。这样我自然就有些伤感了,想我们项家曾几何时那么风云叱咤,如今隐姓埋名地活在这吴中,与一些鸡贼狗屠打得火热,很没面子。我叔叔项梁还自我感觉良好地与那些人谈兵法,似乎随时要东山再起。但他的起与他父亲的起完全不同,他要的是那个贵族派儿,要万人拥戴的威风。这大概就是我这个侄儿最轻视他的地方了。说实话，凭我的能力要是成心帮他，将来打出个地盘封个王侯什么的也并非难事。问题是这会送他的命的。他这种人捉起来是条虫子，放了就变成了龙，要不当年曹无咎好不容易把他从栎阳大狱里弄出来，怎么立刻就去寻仇呢？为这事我们还大吵了一顿，我说过去的事算了，别再追究了。他不听，还是把那人杀了。杀了就跑，就这副德行。所以我不愿意把刚才江底的那支画戟捞起来。我倒觉得一辈子就这么吹吹箫也挺好。

我的眼睛又出神了。怎么视野里的北方渐渐变成了绿色？而且这绿还越来越浓，像一块绿云似的朝这边汹涌而来。它当然十分遥远，我琢磨着那大约是几千里之外。难道是北方的草原？难道我这两个瞳孔重叠起来就成了千里眼？这可是连我都不敢相信的呀！然而我看见的就是一望无际的绿色。我很喜欢这颜色，据说它代表着生命的久远，我倒觉得更象征着生命的质量。我虽困惑不已，但心情十分好。这种情绪真是离我很久了。于是，我就沉浸在这无限的绿色向往之中重新吹奏，我觉得我这把箫传出的声音也同样非常遥远。那时我还不知道这是个刻骨铭心的早晨，它发生的一切对我都是意味深长。

我刚吹完一曲，我叔叔项梁就匆匆跑来，看看四下无人便诡秘地对我说：你知道吗？今天嬴政从浙江那边过来了！

我就随口问道：你想干什么？是不是想学张子房搞出个博浪沙第二？

项梁突然变得有些害羞，说哪里哪里，我不过是想带你去见见世面。

他这个样子让我很不舒服，远没有在栎阳杀人那阵子神气。不过我还是有兴致，也就想去看看这个秦始皇是何等人物。于是，我们叔侄俩连早饭也来不及吃就骑马往会稽城赶去了。这是公元前210年的春天，吴中的气候很不错，晨风带着朝露迎面吹过来，惬意得很。我们是抄一条年久失修的旧官道赶往会稽的，一路上项梁对我数落嬴政，说那小子心狠残暴，十恶不赦。我就开玩笑说：你敢对他动手吗？项梁长叹一声，说：我已是烈士暮年，雄心不再。我还是调侃道：那你干吗还成天舞枪弄棒的？项梁不禁苦笑道：我项梁毕竟还是将门之后嘛！后来他就不再说了，神情也变得沮丧起来。

我对始皇帝嬴政最大的不满倒不是他的残暴，而是他的虚伪下流。这么大的疆土把它统一起来，不杀人是办不到的。但是在他完成了他的使命之后，再这么干就不可理喻了。你把那些儒生也杀了实在是毫无道理可言。而且更卑鄙的是说他们企图谋反，他们这些手无寸铁的书生能反什么？拿什么反？倒是他大公子扶苏是个明白人，劝他父亲别这么乱来。嬴政说，你小毛孩子懂什么？这可不是一般的事，是他娘的政治你懂吗？嬴政就是这么个货色，虽说当了始皇帝，可骨子里仍是个下流坯。从这个角度看，民间私下传的他是吕不韦的种便不太可信。吕老头还是个学富五车之人，不会弄出这么个玩意儿。还有一件事叫我愤怒，就是那年他去湘水，不去朝拜湘君祠也就算了，反倒一把火把整个湘山给烧了。那感觉就是把湘夫人削发为尼了。他倒是振振有词地说，不就是尧的闺女舜的婆姨吗？女流之辈还称什么神呢？这不是流氓是什么？可是现在，他又装模作样地来会稽城祭祀大禹庙了。

虽是快马加鞭，我们还是晚了一步。我们到的时候已近黄昏，去禹王庙的路上全被人堵住了。这倒诱发了我的好奇心，而我叔叔则更为强烈，就埋怨这消息如何走得这么快。看来这人一当上皇帝就是他妈的不一样了，似乎连放屁也觉得是香的。我就看了看项梁，又替他惋惜了一阵，心想你这辈子就别做这个梦了。我们站在一个坡上，项梁便说这个位置看不清楚，就想往人堆里扎。我拉住他，说：就这儿吧，不就是看一眼吗？我当然没说我今天眼睛发生的奇迹。这时猛听见一阵锣声，有人高叫道：皇帝出巡，天下归心，今日祭奠禹王，明朝五谷丰登。听起来不伦不类。百姓们全都跪下了，又都翘首以待,一睹皇帝风采。项梁急不可待地搓着手,还真像个刺客,嘴里的口水都淋到了下巴。这形象让我讨厌,就用胳膊肘碰了他一下。他却说:别动,皇帝就要出来了!

正说着,我看见从大庙正门里走出一个瘦弱而略显佝偻的形象,面色苍白,额头上尽是虚汗,他的须髯也夹杂着枯黄,这就是那个独断专横不可一世的嬴政?真难以置信!就在我踌躇中,我看见始皇帝打了个喷嚏,居然还把裤带给挣断了,内裤像肠子一样淌到了脚下。我忍不住笑了起来,这和我十八岁那年在茅房里几乎一模一样,区别是,我一个喷嚏挣断的是牛皮带而不是黄绫带罢了。于是,我就低声对叔叔说:你信吗?我可以取而代之。其实我不过是开个玩笑而已,谁料却把项梁给吓坏了,他竟把我的嘴捂住,厉声说:小子,这可是要满门抄斩的呀!我推开他那只粗糙的大手,然后就扬长而去了。那时我想,这一趟跑得太他妈的冤枉,早知这样,我还不如在江边安静地吹我的箫,看天边那片奇异的绿颜色奔我而来。那才是我该期待的悬念。

2

自从在会稽见过始皇帝一面,我叔叔项梁就想教我兵法。

在他看来，那次我口出狂言却是表明了我的远大志向。他当然不知道这不过是我的信口开河。其实项梁要教的都是我祖父传给我那一箱兵书里的东西。那些书我早偷偷看够了，可以说是倒背如流。所以现在项梁来讲说，我就打不起精神。于是他就怪我没出息，只晓得像个食客那样成天摆弄一根箫。我呢，又不想去伤他的自尊心，反正就是心不在焉地听着吧。谁叫他是我叔叔呢？这一点，当然太史公不会知道的。在他那里，我俨然是个有勇无谋做事缺乏恒心的人。这就错了。我这个人的确不信邪，但我崇拜真有学问的人。譬如说，我就很尊敬孙武。我觉得他的兵法是独一无二的宝贝，真能读通它的人却不多。其中就有我这个叔叔项梁。

那些日子我格外怀念我的祖父项燕，如果他老人家健在，我想我会成为他消灭秦王朝的得力助手。现在我对嬴政的畏惧随着他那个不合时宜的喷嚏完全消除了。我的直觉告诉我，此人不是我的对手。这个时候我就觉得从前的楚南公那句话显现出了如雷贯耳的力量，那老人说：哪怕日后楚国只剩下两三户，但灭亡大秦的还是我们楚人。所以亡秦是我们楚人的使命。现在看来，就是我项羽的使命了。其实依我目测，嬴政这个皇帝气数已尽了。我甚至都敢断言，这个人没准在巡视的路上就会一命呜呼。他的气色已经是死亡的气色，他那个喷嚏某种意义上就是回光返照,那是他最后的一点力气。可我并不希望他就这么死掉,我希望他将来死在我的剑下。但是有一点一直困扰着我。假如我们消灭了暴秦,天下姓了楚,那又怎么样呢?这困扰总让我想到雨天里冒雨奔命的人,他们就知道一个劲地往前跑,从来也没想过前面也一样是雨,等他跑累了,差不多也该淋成落汤鸡了。也许我这么想有些消极虚无,但事情本来面目就是如此。谁能保证楚家的天下就是太平盛世呢?我担忧的就是这个。这也是我后来主张把楚王孙心寻回来的原因。我项家的使命是辅佐天下,而非坐天下。我尽了职责,却也在逃避更大的职责。所以太史公把我列入"本纪",我个人是有点看法的,觉得不妥。我在生之时连做真的帝王都放弃了,死后却来了这么一个"相当于",多无聊?

我对所谓的江山与生俱来就没有兴趣。我忘不掉的是北方的那片绿色。这绿色现在越来越浓了,在我观察它九个早晨之后,我发现有一个黑点在绿的背景中跳跃。但我还不知道是何物,相信它是个生命,我的好奇心与日俱增。第十天,也就是今天早晨,我终于看清了那是匹马,直奔我而来。我一望就明白这是匹日行千里的好马,威风凛凛,气宇轩昂。它那漂亮的行姿竟使我忘记了吹箫!现在,它已逼近了我,它的鬃毛在阳光下熠熠生辉，像飘舞的旗帜。我就下意识地站了起来。谁知这一站却把它给惊吓了，它长嘶一声扬起前蹄，把一个白色的东西掀到了空中，就像一片白云自九霄而落。我大吼一声——虞！那马儿便像听见军中号令似的刹住了脚，与此同时我已向前大跨了一步，接住了那片白云，这时我才看清我托在手里的是个姑娘。这倒是让我始料不及。

姑娘很美，可能因为连日的长途跋涉，脸上略显出疲倦，她好一会儿才睁开眼，见了我自然有些害羞，就问：这是何地？我就说楚地。她突然变得有些感伤，说：我总算是到家了。姑娘说她离开楚地已有好些年，对这块土地都觉得陌生了。那会儿为了躲避战祸，她被家人送到了辽西郡那一带去放羊。我问父亲什么时候才能把我接回来，姑娘说，父亲就一下沉默了。好长一会儿才说，等你听见楚歌的旋律那一天吧！我就等了一年又一年，直到十多天前……

姑娘的叙述让我听了很不是滋味。我想她至今大概还蒙在鼓里，以为我们楚人的奇耻已雪。我不知该怎样对她解释，可对着这样一双明眸说瞎话又不是我项羽的专长。我就说，你听见的还只是个前奏。她一下就明白了其意，默默点着头，然后又用宽容的眼光看着我，说：即使是前奏，那也是我们楚歌的前奏啊！楚歌若再不吹响，恐怕就失传了。这简洁的表白给我带来的鞭策却是异常巨大的，我从这姑娘眼中获取了男人最引以为自豪的东西，那就是信任。这一刻，我感觉自己像是爱上了她，可我毕竟还没有恋爱的体验与经历，还是显得有些局促。于是我就问她，你叫什么名字？姑娘说：你不是已经知道了吗？我正困惑，姑娘又说：你刚才不是喊了"虞"吗？我就叫虞。

我和这个叫虞的姑娘就这么认识了。这是我生命中的第一个女人，也是最后一个女人。反过来对她也一样。所以说我们是很幸福的。这并非我不好色，而是我从虞身上得到了女人的全部。她带给我的是一般女人所不能给予的，那就是一个男人的自信与尊严。关于虞的故事，太史公着墨吝啬，一笔匆匆带过。倒是几千年后戏台上出现了一出以她为中心的戏文，特别是经过一位叫梅兰芳的先生精彩表演，使虞的形象家喻户晓。但那个戏本身不得要领，演到最后倒像在挑拨我们夫妻关系似的。舞台上，虞趁我一不留神拔剑自刎，以此表示她对我的绝望。而真实的情况是，虞是在我的注视下从容自若地死去的，这个我后面再谈。

我和虞的相识就这么简单，但意义却是非同寻常。我不是夸耀这种不可思议的传奇性，我要说的是，她这一出现便结束了我内心长达八载的矛盾。那时我就觉得对自己的使命也是别无选择，我必须振作起来，去找我的敌人嬴政。我岂能让楚歌永远"前奏"下去？当天晚上，我就潜入了乌江，把那支漂亮的画戟打捞了上来。这真是天下独一无二的好兵器！它的造型在清冷的月光下是那样漂亮，锋利而灵便，手感舒服，它使我再次向往传说中的那对青锋鸳鸯剑了。然后，我去找了我叔叔项梁。我对他说：我们该干了！那时候项梁正在喝酒，听我这一说，那双醉眼顿时就亮了，接着又暗淡了去，就问：你说我想做张子房，那么现在你不是想当荆轲吗？我说：不，你误解了我，我不是想去当刺客，我也压根儿看不起刺客这类角色。我是想公开亮出旗号，招兵买马，向嬴政宣战！项梁突然就哈哈大笑起来，说：你这口气可比你爷爷大多了，宣战？你拿什么宣战？

然后他又说：我看你是让那个拾来的丫头搞昏脑子了吧？

我很生气，一把掀翻了他的桌子，说：你可以侮辱我，但我不许你侮辱我的女人。你记住了！说完我就走了，走到院子里，顺手一挥画戟，便把那棵海碗粗的槐树给拦腰斩断了。

因为这点不愉快，我和叔叔一个夏天都没有说话。到了这年夏天快结束的时候，我听到了一个令人既兴奋又沮丧的消息——始皇帝嬴政果然行至沙丘就暴终了！

3

时间不经意地就过去了一年。嬴政死后本应由太子扶苏继位，结果遗诏给赵高、李斯给篡改了，这两个奸臣联手害死了扶苏以及良将蒙恬，把那个荒淫无耻的胡亥扶上了台。我尤其憎恶李斯，他本是嬴政最信任的重臣，明知赵高与胡亥图谋不轨，却因想保住自己的利益，置人生大义于不顾，与那两个家伙同流合污。这个貌似正人君子的李斯和赵高那老狗还有所不同，赵高坏在表面上，很容易识破；李斯却坏在骨头里。嬴政干了那些坏事，其中不少与这个李斯有关。著名的焚书坑儒就是他出的坏点子。几年后，他儿子李由落到我手里，却让我另眼相看了。那时我想，虽是父子，但骨血却不是一脉相承。李斯能有这么一个为国捐躯的儿子，也算祖上还残存了一点儿阴德了。不过他这个做爹的是真的很不让我喜欢。

秦二世一登基，我就看出秦王朝的末日将至。所以我就对我叔叔项梁说，我们要想兴邦雪耻，机不可失！可项梁还是那句话：还没到时候。我知道他的意思是期待着更好的时机，暂时不做出头的椽子。项梁就是这么个人，既不安分，却也不轻举妄动。

那些日子我的生活由于虞的出现发生了很大变化。我们可以说是朝夕相伴形影不离。每个清晨,我们还是去乌江边上,但我现在不再吹箫了,而是沿着江岸去遛她带来的那匹乌骓马。这无疑是匹千里良骥,我很喜欢。但我有一点遗憾,就是我第一次与它相见时,竟把它给惊吓住了。我想这乌骓缺乏胆量,将来拿它作战恐怕困难。虞对此也觉得奇怪,她经验里这匹马很勇敢,是不好驯服的,于是她就说:或许是它遇见了真正的主人了吧。虞还说,你身上有一股子霸气冲撞了它,我想我们都是让这股子霸气征服的。很奇怪,从前我极不喜欢这个"霸",现在忽然觉得这个字眼很迷人,我就告诉虞,有朝一日我要称王,就叫自己作霸王。虞似乎有些困惑,就问:你不是说你以后不想称王吗?我一下就沉默了,是的,这话是我项羽说的,我不想称王,我只想正正经经地做个好男人,做个优秀的军人。但是,将来天下打下来了,我不称王又该由谁来称王呢?尽管眼下一切都不成为现实,但对这个问题我还是深感忧虑。我希望将来能带着虞,骑着乌骓,浪迹四方,去过那种诗剑逍遥的生活。当然,这之前我必须完成苍天赋予我的使命,把暴秦给灭了。我想这件事应该不会拖得很久的。

这个早晨我又把箫吹响了。那时候我的女人正对着平静的水面梳妆，乌骓在距我们不远的地方吃草。这静谧而恬淡的画面令我感动。这大概是我有生之年短暂的美妙时光了。我情不自禁地站了起来，想从后面去拥抱虞。突然一阵风迎面刮了过来，天色也跟着阴沉了，似乎马上要下暴雨。这是个变化莫测的夏天。与此同时，我感到自己的视野越来越开阔，以至于连脑后的风景似乎都看得分明了。我知道，在此一刻我的重瞳又分开了。这已不再叫我吃惊。我吃惊的是另一件事，那是几百里外西北方的消息。我把箫交给虞，女人从我的脸上看出了不平静，欲言又止。然后我抄起画戟骑上乌骓就去找我叔叔了。

你知道吗？大泽那边起事了！

大泽？项梁显然还不知道大泽为何地，就从枕头下面找地图。

你别找了，我说，应该是在蕲县的西南。他们肯定是干起来了！

项梁这才发出疑问：你何以知道？

我看见的！

看见的？你能看见几百里之外？

他鄙视了我一眼，很不耐烦地走开了。我想这也不为过，我的重瞳大概也只有我自己知道，暂时还不会有人相信我。

但是第三天头上,我的预言被一个叫范增的老头证实了。这个从巢湖边上来的老者是一个看上去很沉稳的人,鹤发童颜,目光深邃。据说以前与我爷爷有过几次交往。他此番来吴中,就是通报大泽乡的情况的。那一伙戍边渔阳的人因被连天大雨所困,于是就揭竿而起了,领头的叫陈胜,另一个叫吴广。他们动作很快,范增兴奋地介绍说,如今已占领了蕲县,号称是项老将军的队伍呢!

项梁一下就生气了,说:他们怎么能这么干呢?那口气就像是人家偷了他的宝贝。

范增说:天下百姓都知道胡亥不当立,当立的是扶苏,于是就自称是项燕的军队,势如破竹,为扶苏的冤屈鸣不平。

这时我就插了一句:这也只是暂时的幌子,我们要的结果是灭秦。

然而不管怎么说,项梁内心还是兴奋不已的。我想现在他所说的那个时机应该是到了。不多日,响应陈胜"张楚"的人多了起来。关于陈胜,我知道的情况很有限。某种意义上我们也算是老乡,我们祖先受封的项地,与他家乡阳城相距不远。据说他敢造反,客观上的原因是不能如期赶到渔阳,怕掉脑袋。而主观原因则是不信王侯将相会有种,对世袭分封表示拒绝。这当然很豪迈,但是也反映出他内心的虚弱与自卑。否则，他何以会把一块写有"陈胜王"的白绫塞进鱼腹？而且又唆使那个吴广夜晚装狐狸叫"大楚兴，陈胜王"，玩这种鸡鸣狗盗的小手段？这么做的目的岂不也是想俨然装扮成一个龙种？至于谎称我爷爷的旗号我就不说了。说实话，我看不起这个。这是个素质问题，所以陈胜一拿下蕲县，他就迫不及待地自称陈王了。这样的王能久吗？

几天后，我叔叔项梁接到会稽郡守殷通的传话，要他立即去城里一趟，说有要事面商。这可把项梁吓坏了，以为自己的谋反起兵之心为官方所觉察，便要我一道前往。他说：今天这事非同寻常，你得事事小心才是。然后又贴着我的耳朵说，若是情况不妙，听他的咳嗽为号。他只要一声咳嗽，我就必须把郡守杀了。后来的事也就是如此，到了衙门，项梁进去坐下不到一杯茶的工夫，就响亮地咳嗽起来。于是我就冲进去把那人的头砍了下来。可是从那死人的表情看，我觉得他不像是对我叔叔怀有什么恶意，再说室内也没有个埋伏，我就问是怎么回事。项梁支支吾吾，说：我刚才给茶水呛了喉咙。我很生气，质问他：那你为何不拦我一下？我这把剑下还从来没有过冤魂呢！项梁有些尴尬，拍着我的肩说：杀了就杀了吧。言毕，这项梁就整了整衣冠，一手提起还在滴血的郡守头，另一只手托着郡守的铜印，威风凛凛地走到外面，高声对那些兵士们说：弟兄们，我就是项燕将军的儿子项梁！今秉苍天之意，决心与东南的陈王联合抗秦，是江东的子弟随我来！于是大家都对他跪下了。那时我就站在他的身边，剑上滞留的血腥气使我的心情变得异常恶劣。我知道，我被这个做叔叔的玩了一把。也就是从这一天起，我被无边无际的梦魇缠上了身，时常半夜里惊醒，我甚至感到，我这血管里流着的已不是我们项家那种高贵的血液了。我为此沮丧不已。我记得从会稽城回来的那天晚上，我和虞又一次来到江边，我想用沙子好好洗洗手，我讨厌那洗不掉的血腥气！后来，我们都沉默了，月亮慢慢地在我们身后升起。

4

所谓的"张楚"在那年秋天还没有结束的时候就结束了。陈胜本人后来闹得众叛亲离，连他老丈人也拂袖而去，在一个雨夜被一个叫庄贾的车夫所害。这一点也不出乎我的意料之外，陈胜一介草民，一夜间被拥戴为王，那感觉就像马路上捡到了一大袋金子。他还能想到什么？蕲县拿下，在他看来江山就到手了大半，往后的日子里他除了享受就是多疑，动不动就大开杀戒，连一起滚稻草的弟兄都杀，能不垮吗？但是，如果没有这人的振臂一呼,天下抗秦的浪潮也一时掀不起来。

我们的队伍壮大得很快。到了秋天,已称得上是兵多将广了。各路好汉之所以投奔到我们项字旗下,凭借的还是我爷爷的德高望重。用你们今天的语言表达,就是这老人的号召力。这个事实既让我欣慰又让我感到压力。我们总不能躺在老人身上吃一辈子吧?另一件让我气恼的事是范增一手策划的,他固执地认为,陈胜之所以垮得那么快,是因为没有扶楚怀王的后人当王,这不得天下人心,于是他就建议项梁找来了怀王遗失在民间的一个孙子来称王。可这个孩子当时才十三岁,在乡下替人放羊,我们把他寻来,他还以为要他的命呢,吓得尿了裤子。我就把范老头拉到一旁,我说:这小子连男女的事都不懂,又如何担当得起兴邦灭秦的伟业?这简直就是儿戏嘛!范增说:将军,人生有时候就是一场戏呀!说完,他就对我诡秘地笑了笑,然后就去安排"楚王"的登基典礼了,忙得不亦乐乎。奇怪的是这个十三岁的孩子也竟有龙威,居然就获得了许多的人拥戴。对此我实在是大惑不解。我不禁想起陈胜以前搞的那些名堂,看来事情还真不是我想的那么简单呢。这样的时候,我便想起另一个人来。此人就是后来与我相争天下的刘季。人们习惯叫他刘邦或者沛公。我记得那是我们到了鲁地薛城之后,一个阴晦的下午,从丰乡来了一伙人，为首的就是这个刘季。因为有张子房的引见，我叔叔项梁便热情接待了他们。最初，我叔叔对这个从前的亭长很不以为意，简短的谈话中哈欠连天。后来张良对他私下讲了一件事，那就是民间广为流传的"斩白蛇"，所谓赤帝之子斩杀了白帝之子。这完全就是无稽之谈，明摆着的瞎话。就像张良当年自我吹嘘的汜水桥头的故事那样子虚乌有。但是却让项梁迅速改变了看法，他不仅委以重用还居然冲动地让我们以兄弟相称。没有办法，我们这支队伍就是这么鱼龙混杂、鸟兽同群。和他们混在一起，我感到极不舒服。问题是对付暴秦，光凭我个人的力量是不可能的，我还必须与他们和睦相处。其实从这一天起，我就对这个刘季产生了厌恶，甚至想把他干掉。这个人纯粹是个光吹牛不干实事的混子，貌似忠厚，实则野心勃勃，总想着一步登天。但我必须以我的方式来解决。

我这点心思大概只有一个人清楚，就是谋士范增。我们只是心照不宣罢了。因为这个，我改称这老人为亚父。在那个无边征战的岁月里，我无时无刻不感到寂寞，只有两个人能给我宽慰，除了亚父，另一个就是我的女人虞了。

现存的这些所谓的典籍里，对我最大的忽视，就是把我写成了一个对江山十分贪婪而对女人很随便的男人。这非常遗憾，我无法接受。民间至今倒是传颂着过去范蠡与西施的缱绻情怀。对此我深为诧异，我不明白为了江山拿一个女人去做交易有什么可值得歌颂的！范蠡这个奸诈小人干出如此勾当不就是为了讨勾践的好吗？有趣的是，最后又是夫差的那封箭书使他彻底动摇，于是就制造了个双双投河的假现场蒙混过关，隐姓埋名，卷了一大笔钱带着那个狐仙一般的女人躲到定陶做起买卖了。范蠡骨子里也就是个商贾之徒。既然如此，何苦读那些书呢？读书人有时候也确实是自己把自己给糟蹋了，这当然不是全部，我们楚国的那位屈大夫就是好样的，他不抱美人而是抱了块石头，唱着歌子跳进了汨罗江。我说过，我的确幻想着与虞将来去过那种诗剑逍遥的日子。我们同骑一匹乌骓马，琴心剑胆地浪迹天涯，这才是人生。所以那时我就每天祈祷，希望早一天进攻咸阳，这个心愿一了，我的好日子就降临了。我已经很久没有吹箫了，每日战罢回到大帐，我浑身就显得毫无力气，疲惫不堪，我的双手沾满了敌人的血，使我很不情愿去亲近我心爱的女人。我不能不为此感到苦恼。虞当然看出了我的心思，她说：什么时候不再流血，这天下就算是太平了。这恐怕很困难，我说：即使是我将来一统了江山，我也不能保证我从此不再杀人。于是，虞就对我谈起了草原。她说她在草原的那些年，每天和羊群在一起，天高地阔，草原无边无际，有时候就觉得这似乎就是和平的景象。但是，胡人一来骚扰，她的兴致就立刻败了。有时我很绝望，虞说，我真不敢相信这天下还有一块和平的地方供我们去安身了。我就说：会有的，我会替你打出这么一个地方来。

我们不久就打到了雍邱，前来应战的是李斯的儿子李由。立马阵前，我突然从这位和我一般年轻的将军脸上看出了一种极为复杂的阴郁，以至于我不忍下手了。我感到这个人今天与其说是来与我交战的，倒不如说是来送死的。我很快就意识到了什么，就勒住缰绳，对他说：你最好还是投降吧，你不是我的对手。李由说：我父亲是大秦的重臣，我是大秦的将军，你这么说是不是太狂妄了？我说：李由，你不提你那个父亲我倒没什么，你一提我可真生气了。你那老子活着的确是个祸害，他不比赵高那老狗好多少。像你老子那么不知羞耻地活着，我不知道还有什么滋味。我话音刚落，李由突然在马上哭了起来，他说：项羽，我今天就是来替我父亲死的。你大可不必手软！我李由求生无望，难道求死也无望吗？说着，他就策马朝我冲了过来。我开始躲闪了他两个回合，我还在高喊着：李由，你投降吧！他根本不听，倒是越战越勇了，眼泪却一个劲地往下掉。说实话，那一刻我还真是心软了。我想我完全能猜出这个年轻将军的心思了，今天他就是前来赴死的，他需要像军人那样很光彩地死去，他想以这种方式既成全自己又挽回他父亲的人生败笔，他的选择无疑是对的。第三个回合，我便一戟将他挑下，血顿时就在我眼前像礼花一样开了。我立即下马，李由大概还剩下了半口气，我就蹲下去，把这个即将要死去的人一把揽在怀里，对他说：将军，你对得起秦国也对得起你父亲了，你走吧。李由的脸上慢慢显出了微笑，他用最后一点力气对我说道：谢谢你了，项将军。

李由的死对我的震动很大。他使我目击了一次男人的尊严，所以我将他的尸体清洗干净，白绫素裹送还给了秦人。但我不知道就是这个军人与军人之间的举动使老李家遭到了大祸。几日后，我听到消息，秦二世胡亥听信了赵高那老狗的逸言，认定了李氏父子叛变通敌，便把全家满门抄斩了！这让我惊讶不已，李斯该死，但不是这么个死法，这个习惯于察言观色见风使舵的人，丧失了做人的原则立场，干过不少坏事，如今这么个死倒让他平添了几分光荣。据说他在咸阳的大狱里还写了不少坦明心迹的美文，希望二世能免他一死呢。看来人对死的牵挂与生俱来，人对肉体的被消灭总是显得胆战心惊，人对死的恐惧远远大于对活着的检讨。也许他们本来就觉得活着属于天赐，是不需要检讨的。这是个问题。我已经死过了两千多年,我的阳寿不过三十一岁,但我觉得有些事还是需要说上它几句。这也就是我愿意通过一个叫潘军的人来发表这篇自叙的真实原因。我没有以正视听的意思,民间关于我的传说至今不衰,说明我至少还有值得一说的可能性。至于我的话是否可信,那是另一个问题。

5

雍邱一战,我们全胜告捷。本来按原定的计划应该一鼓作气地直逼咸阳。不料天降大雨,项梁的主力被困定陶,而我军也只能围着外黄不动了。这让我很是焦急,因为据说赵高已经把王离的军队从塞外调了回来,要与章邯部合并,这样一来,秦军的势力就壮大了,对我们将构成致命的威胁。于是在与亚父商量后,我派人给项梁送了封快信,建议他调整作战方案,集中兵力直取咸阳。但是,我的话没有奏效,反倒让他以为我好大喜功。他认为仅凭我们自己的人马是难以与章邯王离抗衡的,于是就派他的谋士宋义去说服齐国的田荣联合行动,同时又幼稚地认为,要等天晴之后才进攻,好像雨天不是打仗的日子而是喝酒的日子。我气坏了,也感到很苦恼,因为项梁现在不仅是我的叔叔,还是我的上司,我必须听命于他。军人讲的就是一个服从,这是军人的光荣,却也是军人的悲哀。我很难相信这个自幼教我兵法的叔叔在几个胜仗之后怎么变得如此傲慢。连那个无能的谋士宋义都看出了他的危险,他本人却毫无觉察!我们只好等待着,大雨连天不歇,士兵们的斗志在松懈,而在定陶,此刻想必已是纸醉金迷了。我的重瞳在这一刻又重叠起来,远方的定陶上空飘荡着一块阴云。一种不祥的预感正在向我逼近,这是死亡的预感。

果然就在这天夜里,章邯冒雨偷袭了定陶。三十万大军如洪水猛兽般地把楚军的大营掀了个底朝天。那时候我叔叔项梁还在梦中逍遥自在,他仿佛听到的呐喊声成为他那美梦的最佳伴奏,等他睁开眼,章邯的剑已把他的苍老脑袋砍下了。落下的头颅上面仍是一双惺忪的醉眼。项梁一死,楚军的阵脚立刻就乱了。无奈之下,我们只好撤回彭城。后人把这一举动视作一次迁都。没过几天,大臣们带着那孩子——就是新的怀王也到了。那孩子现在似乎也有些王者风范了,也开始习惯于指手画脚地发号施令。他听信了那几个谋士的高见,觉得把兵权完全交到我手上还不是时候,认为我只会狭隘地想着为叔叔复仇,而置楚国兴亡大义于不顾。可是他们又离不开我们项家的光荣旗号,还得利用它得到天下人的响应。他们也离不开我的作战才能。这又是他妈的政治了。于是,楚怀王做出了这样的决定，让我率部去救被章邯围住的赵国，而派刘邦去攻咸阳，并说：先入关中者为王。这显然是担心我抢了刘邦的饭碗，就是说，他们这伙人本是不信任我项羽的，他们对我除了利用还是利用。我当时并没有说什么，事后，我才对亚父说：作为军人，我当以服从军命为天职；作为项家后代，我当以匡复大楚的基业为己任，但我讨厌被人利用。我不喜欢有人对我玩政治手腕。亚父范增默默点了点头，然后说：将军，天下有许多事并不遂人愿，人有时候就是让人玩的。依将军的才智势力，你可以随时废了怀王，但是这样一来，天下的百姓就会对将军另眼相看了，因为楚家的天职是振兴大楚，而不是取而代之。这是项家的宿命。这话真是说到我心坎里了，我想，既然命中注定我要被人利用，再说什么就显得多余了。

正说着，赵国的使臣前来求见。这个看上去一脸晦气的男人见面就扑通跪倒，泣不成声：将军，章邯已将巨鹿围了一月，若不出兵，他们就会死于秦军的刀斧之下，您可怜可怜他们吧！

这话听了叫我难受，我想一个软弱的赵国是经不起章邯三十万兵马的，他们的灾难就悬在了头上。我劝了那使臣几句，然后就去面见怀王了。我说得很坦率，我说要是我们像张耳陈馀之流那样见了秦军就退避三舍，那么赵国的灭亡只是早迟的事。如果我们连巨鹿的问题都解决不了，灭秦岂不是一句笑话？怀王思忖片刻，说将军有这番胆识令我钦佩，但为了保险起见，还是多去几个人吧。我就说：去多少人那不是我考虑的事，你决定好了。

结果第二天，楚怀王颁布命令，突然宣布宋义为上将军，美其名卿子冠军，统领一切。这个决定的荒谬在于，他们把一个瞎猫碰死老鼠的吹牛当成了未卜先知。就算怀王是个不懂事的孩子，难道作为上柱国的陈婴也如此糊涂？居然相信宋义曾料定项梁会兵败定陶。我一听心里就直想笑，这个宋义是驰骋沙场的人吗？我知道，这不过是个借口，实际上是他们对我不放心。陈婴也许忘了，当初我们拿下薛城之后，是我叔叔项梁保荐他做了这个上柱国的，现在项梁一死，他倒不放心我了。我若想当楚王，一个陈婴又岂奈我何？这算不算以小人之心度君子之腹？人往往就是这样，你不提防我我倒没什么可顾虑的；你要是对我不放心，反倒叫我怒火中烧了。我项家可以被人世世代代地利用，但决不能叫人又利用又不放心！我后来之所以要把宋义给杀了，就是要以此表明我的立场。

宋义这个人实在很不知趣。你既然不懂军事就不要整天端出一副上将军的架子，动辄恶语威胁，扬言谁不听他的使唤就问斩。他就是不懂在我项羽旗下的人没有几个吃这一套的。大军开到安阳，一听说章邯王离在前面严阵以待，他就慌神了，按兵不动。这样一耗就是十多天，赵国的使者急得直哭，宋义居然还有心思喝酒。那使者又回过头来找我，希望我能说服这位卿子冠军火速救赵。我就去对宋义说了，我说我们是去救赵的，像这么耗着不是个事儿。宋义鼻子哼了哼，不屑地说：论横刀立马我不如你项羽，论运筹帷幄你也不如我宋某人，所以怀王和上柱国举荐我来执掌帅印。他倒当真了！我知道这家伙打什么算盘，他是想让赵国和秦军拼得差不多时再乘虚而入，既交了差又保住了名声，这还是政治！以我的脾气，那天我就想把这小子杀了，然而亚父认为不妥，他说：时机不到，眼下正是天寒季节，又逢大雨，我们的军需很快就成了问题，到那时士兵们的情绪会于他宋义不利的，我们……

我们也乘虚而入？我打断他说，那样我们不也在玩政治吗？

亚父说：将军，打天下可是离不开这政治呀！

我承认亚父范增的话有道理，但是我感情上还是接受不了。这天晚上，我回到大帐显得异常烦躁，虞在我身边也十分不安，她说：人这一生就是心灵磨难的一生，该忍的你还是要忍。我说我已经到了忍无可忍的地步了，再忍，我或许就不是我了！

虞说：除了动刀就没有别的办法了？

我没接话。过了会儿我听见女人轻叹道：这个世界不好，就在于总是用刀说话。

然而我还是又忍了一个月。这天，雨又来了，我一早就想去营帐里看看，刚出门，就被那位赵国的使臣拦住。那人用手指着天空说：将军，您知道这天上的雨是怎么来的吗？不等我回答，他就接着说：这是我们赵人的泪啊！望将军凭着一个军人的良知，帮帮我们赵国吧！说完，这个瘦弱的男人突然拔出我的剑从颈项横过，血溅得我几乎睁不开眼！好一个以死相谏的大义之人！我蹲下去用手抚下使臣不肯闭合的眼睑，拿起了他手中的带血的剑。闻声而出的虞此时已吓得面无人色，倚门呆立着。我看着她，对她说：看见了吗？这也是在用刀说话呢！

说完，我就直奔了宋义的大帐，那些卫士见我这来势就预感到今天会有好戏，并不拦我，反而对我投以关切的目光。我进去的时候，那卿子冠军正在喝酒，一边翻着一本破兵书。当他看到我手里的剑还在滴血，便像鸟一样地惊叫道：项羽，你想造反了吗？

我说：我不想造反，只想搬掉我行军路上的一块绊脚石。说着，我就将这奸人的头砍下了。等我拿着他的这颗小脑袋出来，外面的将士们全部列队整齐地站着，对我行注目礼。那一刻，我的双眼突然迸出了眼泪。在我一生七载的戎马生涯里，这样的场面是第一次也是最后一次。我用剑挑着宋义的头颅高声说：弟兄们，我们在安阳困守了四十六天，赵国的百姓已是望眼欲穿。救赵是为了灭秦，灭秦是为了兴楚，国家兴亡在此一举。日后若有小人说我项羽居心叵测，就拜托大家为我说句公道话吧！

大家说：上将军，我们跟定了你！

这个瞬间，我体会到了什么叫作军人的幸福。

6

宋义一除，往后的路就顺了。尽管那时我们的给养很困难，但是士气空前高涨。不出两日，我们渡过了漳河。那时我们也就只剩下了三天的口粮，后面的给养跟不上。于是我下令把锅砸了，船也沉了，横下一条心与秦军决一死战。后人称这个决定叫破釜沉舟，逐渐演变为一个成语，这多少让我感到几分得意。而我更得意的是，作为军人，我现在找到了感觉。我这时才真正体会到，我爷爷项燕为什么那么迷恋去做一名职业军人。这种快慰一般人是无法获得的。我听说两千多年后外国曾经有两个人达到了这个境界，一个叫拿破仑，另一个叫巴顿。据说他们的仗打得都很漂亮，但拿破仑打仗是为了当官，巴顿当官却是为了打仗。所以这两个人还是有着本质上的不同。我倒是更喜欢那个美国佬，而我的命运又远不及他那么如意。乔治·巴顿的仗打完了，他也就退出了历史的舞台，带着他心爱的狗去他的菜园子溜达了，我却不然，我还得没完没了地为这个打下来的江山操心——这实在是我的不幸啊。你们会慢慢体会到我这种感受的，我希望你们不要说我口是心非。

漳河被我们抛到了身后，巨鹿的城郭已呈现在我的视野中。这是公元前207年的冬季，寒风凛冽，冷雨如注，我们的队伍还是一往无前。破釜沉舟的消息不胫而走，那章邯就慌了神了，认定我此番之行是来找他拼命的。这个人在阵前与我见过一面，自己不敢交手却让那个王离来会。不出五个回合，王离便被我一戟挑落马下身首异处。我就将这人的首级悬挂在辕门头，以振军威。但是我没有料到，为此引发了虞同我的第一次争吵。虞说：王将军是战死沙场的，他尽了一个军人的职责，他的死值得尊重。你这样对待一个以死报国的烈士,不觉得愧对你项家高贵的血液吗?

我说:我憎恨秦国!

虞说:你们不过是各为其主,你可以消灭他,但你没有权利去侮辱一个烈士!

我突然吼叫道:他是我手下的败将,我想怎么处置他都可以!

虞愣愣地看着我,然后轻声说:我替你感到羞耻。

当夜,虞就不辞而别地离开了我。女人是带着一腔失望与怨恨回到彭城的。这是我丧失理性的季节,虞的话没有引起我的重视,反倒叫我越发地疯狂了。不久,章邯来降,我虽依从亚父的主张将过去私人的恩怨一笔勾销,但是我仍然担心他带来的二十万秦军会随时谋反,于是就在一个月黑风高的晚上下令将这些无辜的生灵全部活埋了。很多次,我对我这种暴行后悔不迭。我不明白像我这样的人怎么会变得如此凶残?那是我一生中最大的败笔,也是噩梦真正的开端。我时常从噩梦里惊醒,在梦中,我看见那些冤魂在对着我放声大哭,然后又转为耻笑。他们所耻笑的是我的血液!在许多夜晚,我独自剩在大帐里,唯有青灯相伴。那呼啸的朔风,如哀丝豪竹般叫我心惊肉跳!我就想,我项羽何以变得这样?难道是我做了上将军的缘故?我大权在握,便为所欲为,假如日后我做了皇帝，那我和那个暴君嬴政又有什么两样？权力不是个好东西，它会使一个人的欲望无限膨胀，它会让人变得丧心病狂，它会使良知泯灭，它自然也会使一个贵族堕落成为流氓。

　　一天晚上，我叫来了章邯。几十天前，这个败军之将前来投降，那个时候我似乎还分得清天下国家的轻重，尽管我对一个降将内心是轻视的。我听从了亚父范增的劝导，觉得大敌当前理应将个人的恩怨抛于脑后。况且当初我叔叔的失败，也在于他本人的骄傲与轻敌。他其实是自己断送了自己。我记得当我走出大帐来迎接章邯时，这个人感动得热泪盈眶，对我五体投地。他说：上将军如此宽大为怀，我章邯日后将随将军赴汤蹈火，在所不惜！那个时候，我颇有几分自豪感，觉得自己像个汉子，更像是项家的子孙。然而不久，我就对他起了疑心。我担心在入关之前章邯的人马会给我带来麻烦，于是就出现了上述那惨不忍睹的一幕。翌日，当章邯得知这个消息，他几乎是悲痛欲绝。我知道在他那泪眼昏花的目光中，我已经成了一个失信的小人。那目光毫无畏惧，大胆地透露出对我的轻蔑。现在这个人来到了我的面前，在进大帐之前，他自动摘下了佩剑。这个动作所表达的意思并不是消除我对他的防备，而是前来赴死的。这让我自惭形秽，更觉得此人值得敬重。于是我请他坐到我的面前，对他说：章将军，你知道我今天把你叫来是何意吗？

章邯沉默了片刻，跪倒在地：上将军，我知道，你是要我杀了你。

我默默点了点头，但是我内心很为震动，他何以能猜透我的心思？而我却居然想错了！后面将要发生的事则更叫我惊讶，就在我把剑递给了他之后，章邯突然号哭起来。

上将军，该杀的是我呀！章邯哭泣着说：将军如此坦荡，章邯不能不实言相告，我带来二十万兵马，就是预防不测的，这怪不得上将军多疑，实在就是章邯居心叵测，罪不可赦！说着，他就拿起剑准备自刎，我一把将剑夺下，感激地说：将军，我知道你这是替我开罪，请受我项羽一拜！

这件事我想永远是个悬念。我们正沉痛诉说着，亚父范增急急忙忙地跑来，见状很是诧异。但他带来的却是一个令我并不惊讶的消息：

沛公已占领了咸阳。

7

两个月前，当我们还在安阳为救赵犯愁时，刘邦的队伍就已经到达了昌邑，久攻不下，这个人居然就放弃了，一路向西直奔而去。那时我就感到，此人是惦着出发前怀王的那句许诺：先入关中者为王。

刘邦这一路上与其说是打仗倒不如说是游说，沿途的城池只要交出来，他什么条件都可以答应。不过这一手还真挺厉害，他很快就在南阳得了手，封赏那位投降的郡守为侯。后面的就如法炮制了，也就果真连连奏效。这大概可以看作中国统治的一种经典手段。所谓攻心之术，我听说往后两千多年间效仿这手段的大有人在，不仅得了江山，还得了宽大仁义的美名。这与几年后刘某人扬言的三尺龙泉得天下不是一回事，倒应该说是凭借那三寸不烂之舌当了皇帝。

刘邦的运气不错。当他胆战心惊地向咸阳城接近时，咸阳城内已是祸起萧墙了。那老狗赵高最终还是杀了秦二世胡亥，企图以立二世的侄儿子婴为王做缓冲，不料机关算尽，反倒被先发制人的子婴所杀。那子婴原想仗着五万兵马死守峣关，与楚军做最后的一搏，却未知守军将领轻信了刘邦的许诺，不费吹灰之力就把他们全部剿灭。关于这一点，我自觉不好指责刘邦和他的军师张子房。他们以可耻的手段骗取了秦将的信任，那个人还在张罗着盟约签订宴席的规格，头已被周勃砍下了。这和我失信章邯坑埋秦卒是异曲同工。很多年过去了，每当我想起函谷关下的这一幕，仍然还是感慨万千。

我们这些争夺天下的人没有谁是按照游戏规则来玩的，我也不例外。这是我的耻辱。所以我们后来得来的天下总是显得岌岌可危，这是报应，苍天有眼。纵观这大千世界，每一次的江山易主政权更替，无不伴随着杀人流血失信背叛的小人之举。这不是我们这里的专利。外国也一样。倘若我记得不错，最典型的例子莫过于公元1939年的德国对邻国波兰的袭击。那个叫希特勒的家伙是你们这个世纪最下流的人，而另一个叫约瑟夫的在波兰的问题上也并不光彩，他趁德国人突袭之际，也大兵压进了波兰的东部，于是这个波兰一夜间就被他的两个毫无教养的邻居瓜分了。这当然也成了过去的一页了，但我还是要在此做一次提醒。

江山原本是可爱的，只因为这么一搞，就让人失望了。我的遗憾在于，两千多年前的那个时候还尚无一点觉悟。实话相告，范增带来的消息虽不让我意外，但还是让我内心产生了震动。我能想象得出，此刻刘季的算盘是怎样拨的。这个从前的亭长第一次亲眼目击了豪华的宫殿和如花似玉的嫔妃，对坐关中王的位子是多么馋涎欲滴。而这个人的野心还远不限于做关中王，他心里寻思的是有朝一日做嬴政第二。尽管他现在把部队驻扎到了霸上，尽管他约法三章，这些都不过是虚假的摆设，他内心贪婪的欲火一刻也未熄灭过。

我们的尖兵在函谷关受阻,守备部队声称没有刘沛公的命令不得洞开城门。这让我气愤,我是上将军,怎么连入关的资格都作废了?只好派当阳君英布去攻了。不过片刻,函谷关便拿下了。这件事令我费解,刘季并没有站出来公开反对我,却又不许我入关,非叫我动手不可,是何居心?亚父的判断是,这是他刘邦的一次试探,想看看自己的手到底能够伸多长。我觉得此言有理,于是就叫部队于新丰鸿门停下休整。我想,现在该是解决刘季的时候了。

你们所见到的史书上,对所谓鸿门宴的段落书写都是那么精雕细刻、绘声绘色。最著名的还是太史公司马迁的这篇《项羽本纪》。作为美文,我也非常欣赏这个精彩的段落。但是你们要是把它当历史读,那就有不小的问题了。

我说过我要除掉刘季已不是一日的考虑。从我自张子房那儿听见所谓斩白蛇那一刻起,我就做出了这个决定。我倒不是害怕此人,而是直觉此人非同一般的小人。对于男人,贪婪不算毛病,也未必可怕。可怕的是那种什么都想要的男人。而既无真才实学又什么都想得到的男人无疑就是个祸害。这种人可谓欲壑难填。这种人不除实乃后患无穷。但是如何个除法长期以来一直困扰着我。我觉得凡事都该有个方式,杀人也不例外。而且在坑埋二十万秦卒之后,这个问题就变得越发重要了。我做了一件错事,我不能一错再错。眼下对于刘季,我的方式正在酝酿之中,也可以说是等待之中。我等待的不是时机,而是杀人的工具。

我说过我一直渴望得到从前楚王遗失在民间的那对青锋鸳鸯剑。但是后来我才知道,刘季也怀有同样的心思。多年以来,刘季和我都在寻找这件神奇的武器。而现在我们的用途却大不相同。刘季想得到它是想从中得到某种神明的指引,好以此夺得天下。我呢,却想利用它把那个一心想登基做皇帝的人消灭掉。我觉得拿敌手喜欢的武器除掉敌手是一件值得快慰的事,也很合乎我项家的规矩。然而很遗憾,我派了几批人赴吴越地方寻找,都毫无下落。我等待的就是这个。在鸿门的这些时日,我心中出现了一种极其复杂的情绪。我知道剪除刘邦已到了刻不容缓的时候,可我仍然想按照我既定的方式行事。这天,我又带着我的箫来到了一面坡上。我到的时候,亚父范增已在那儿,从老人的背影看,他在此已伫立了许久。我就走过去问道:亚父,您在寻思什么呢?

亚父说:我在看。看咸阳城的上空那片云,龙虎之形且现五彩,这恐怕是个危险的征兆。

我笑了笑,说:这难道就是你所说的天子之气?

亚父沉默片刻,又说:上将军,对沛公此人,在薛城时我们就已心领神会，如今他侥幸先入关，我们射鹿，他倒拾起来就走，此事关系重大，你不能再迟疑不决了。

我说：我知道该怎么做。

正说着，我的一个堂叔项伯领着一个男人匆匆来了。那人见面就说，他是刘邦那儿来的，受左司马曹无伤所派。说着就交出了曹司马的密信。我对曹无伤毫无印象，猜想这又是范增的安排。不过，曹司马的这封信倒引起了我很大的关切，那信中说，刘邦正企图拜降君子婴为相国，开始谋划当关中之王的后事了！这大概不会有错，这就是他刘季一贯的风格。但是，我最后还是一语不发地离开了。这个晚上我突然感到了一种莫名的孤独，似乎有点束手无策了。我并非害怕刘季，只要一声令下，咸阳城顷刻便会血肉横飞。但这不是我想要的结果呀！

或许是天意使然，就在我焦虑之际，我派去寻剑的人回来了，遗失民间的那对青锋鸳鸯剑展现在了我的眼前！这真不愧为王者之剑，让我想起传说中的英武少年眉间尺与那位神秘的黑衣人。我喜欢这个有血性的复仇故事。我用食指慢慢拭过它的双刃，深信它会削铁如泥见血封喉。然后，我将它们安放在我的案几之下，眼前豁然开朗。而这时，帐外传来了急促的马蹄声。少顷，亚父和我那位堂叔项伯进来了。原来刚才黄昏那会儿,项伯以为我会明日发兵去攻咸阳,就快马加鞭地赶往霸上,对刘季通报了情况。亚父的神色明显地在指责项伯是个吃里爬外的家伙,就是说该军法从事。而项伯自有一番解释,他说之所以赶去报信也就没顾及死,当年他亡命下邳,是张子房救了他,如今他不过是还这个人情而已。但他隐瞒了他和刘季已结为儿女亲家的事实。

项伯说:沛公不是你想象的那种人,他的部队入关以来可以说是秋毫无犯,他约法三章,军纪严明,如果我们对他们下手,有悖天理,也不像我们项家的为人。明天,他会亲口对你说清楚的。

亚父很不屑地看了项伯一眼说:曹司马的信上可不是这么说的!将军千万别自作多情。

我就摆了摆手,说:你们都退下,明日沛公来,我自有道理。我不许任何人再掺和这件事!

第二天的情况大致和太史公说的差不多。一早,刘邦就带着张良、樊哙、夏侯婴、纪信等人由霸上奔向鸿门。我敞开大帐,并叫陈平前去辕门外迎接。与此同时,我让项伯去负责安排今日的宴席。他明白我这意思,我就是要让他知道,我项羽不是个靠酒里投毒之类的手段来消灭敌手的小人。我最瞧不起的就是这个。男人做事得像个男人,何必要去学那个混吃骗喝最后硬着头皮去充好汉的荆轲？那不是男人的方式。我要这么干，你们今天就会觉得我和宋代的那个骚妇人潘金莲是一丘之貉了。所以后来的项庄舞剑令我十分恼怒，这准是范增的布置，太史公却把这笔账记在了我头上。当时的情况的确很紧张，于是我就对项伯说：一个人舞剑如同一个人饮酒，太乏味，你不如和项庄对舞。这是我的原话，不知怎的，太史公又把它写成了项伯的话。试想，我若不发话，项伯敢跳出来吗？他已经被昨日的泄密弄得魂不附体了，哪还顾得上公开替刘邦保驾？我叫他项伯出来，就是要遏制项庄的这份疯狂。我不允许任何人来玷污我项家的名声。我要刘季死，但要让他死得服气，也要让他像个男人那样去死，别给追随他的弟兄们丢脸。你沛公不是朝思暮想得到这把剑吗？我今天给你找来了。我们各执一柄，雄雌任选，然后我们当着众将官的面把账算清，接下来我们应该去一个空旷的地方进行决斗，胜者为王，败者也不失为一条汉子，这方式可算公平？如果你沛公贪生怕死，也可以不与我交手，但你必须许下承诺，从此退出这个舞台。我甚至可以陪着你一块退出。实不相瞒，我对这江山的兴趣是真的觉得冷淡了。我需要的是快马加鞭赶往彭城去找我的虞。

酒喝得差不多了，剑舞的表演也接近了尾声。我朝左侧的沛公看了一眼，他的额头上已渗出了一排虚汗，脸色苍白，目光暗淡。这个人还没与我交手就已经垮掉了三分。我的手不禁伸向案几的下面，稳稳地握住了剑柄，正欲抽出，一件意想不到的事发生了！

我对面的亚父范增，拿着他身上的那块玉玦对我再三示意：动手吧！

与我共事的将官都知道这老头有拿佩玉指挥杀人的习惯。往日只要他一举这东西，边上人就会猜到将有一颗人头落地了。可这个不明智的老人今夜竟然指挥到了我的头上！那我算什么？我这个二十七岁的上将军怎么能够听命于一个年过七旬的老叟的唆使，来干一个小人的勾当？这样一来，这场鸿门宴岂不成了阴谋的代名词？我岂不是彻底背叛了我的血液？

我精心安排的计划就这么让一个老人给搅了。

我咽下了这口气，一饮而尽。这也就是我后来把刘邦放走的真实原因。我知道时至今日，你们还是觉得鸿门宴从来就是个陷阱，是一次流产的阴谋，这真叫我欲哭无泪！我能说什么呢？我的解释似乎没有一点力量，但我必须强调，我所说的全是真实的。

8

往事如烟。时间虽然过去了两千二百多年,可我经历的那些事儿却在眼前停滞着,挥之不去。昨天夜里我又梦见虞了,她还是那么美丽,但她的表情却是哀怨的。黎明前,我听见了她的哭声,那是悠远而凄怆的悲声,如同楚歌的旋律,寄托着对我的无限思念与爱怜!我便从这悲声里惊醒而起,那时分,我的窗外是一弯残月。

我第一次听见虞的哭声是在我开进咸阳城的第三天。那天早上,我主要的事是接受秦王子婴的投降。我的本意是不想再捉弄这个柔弱的小男人,更不想取他的性命。但是这个人一见面就显出了一副媚态,声言只要饶他一命就感激不尽了,别无他求。我突然就对此人反感了。这并不是我的喜怒无常,我是觉得这个人实在没有一点骨气。我就问:听说上次你面见沛公,是抬着棺材去的,脖子上还缠着一条白绫?

子婴被问得不知所措,就盲目地点了一下头。

我又问:那么你今天见我怎么就取消了这些安排?

子婴这才感到不妙,就问:上将军是要我死吗?

我说:我不喜欢你投降,你知道为什么吗?因为你好歹也算是一国之君，尽管你在位不过四十六天。君王是一个国家的象征，你来投降其实就意味着全体秦国人都成了亡国奴。阁下觉得这妥当吗？

子婴一下就沉默了。过了会儿，这个人泪流满面地说：上将军，子婴今日实在是替先人受过，再说什么也是多余了，你就发落吧！

我说：不对，你是替整个秦国捐躯，而我也不想发落你。我不会像嬴政那样去杀一个手无寸铁的人。我讨厌的是你的投降。

说完这话，我就拂袖而去了。走了很远我还听见子婴的哭泣。等我移师阿房宫时，有人告诉我，那子婴已被人剁成了肉酱。然而这件事留下的阴影却在我心里盘桓了许久。我想这子婴也是命中注定要落到这番下场的，他要不继承王位，情形会是另一个样子了。这么一想，我便对那死人感到了几分悲哀。继之我便想到自己，同样也是逃脱不了命运的安排。我的征战对我们家族是重要的，而对于我本人却索然无味。我干的是我不感兴趣的事，也可以说很无聊，但之于国家又显得举足轻重。我就想，一个人的使命或许是神圣的，但未必都有兴趣。从这个意义上看，我和这个子婴无疑就是同病相怜了。

这个晚上我陷入一种前所未有的孤寂之中。我仿佛看见我的魂魄像无边无际的汪洋中的一个岛屿。那岛屿是黑色的，在凄凉的月光下闪着寒光。没有人理解这块沉默的黑色石头，而它也不能自行沉没。它的身躯上记录着潮起潮落，而它的见证又是那么无力。我就这样想着，慢慢地睡去了。不久，我听见了一个女人的哭泣。

这分明就是虞的哭泣。是我的女人发自心底的呼喊。我惊坐而起，四下全是黑暗。清冷的月华在阿房宫的铜柱上颤动着，给我的感觉却是不寒而栗！白天的时候，我还曾设想派人去彭城把虞接到这世上最奢华的宫殿来，与她对酒当歌，共度良宵。而我在刚才的梦中听见的却是她如泣如诉的悲声！这声音使我内心震颤，它仿佛是子规的语言，带血的语言……

太阳映红了骊山。在这个朝露浓重的早上，我骑着我心爱的乌骓来到了骊山的面前。这座并不伟岸的沙丘之下，埋着曾经不可一世的秦始皇。我又一次想起楚南公的话：楚虽三户，但亡秦必楚。如今秦朝已灭，大局已定。我也算对得起我的祖宗了！我想我的事情做完了。现在，这始皇帝的坟冢已在我的马蹄之下，咸阳城霞光普照，炊烟袅袅升腾。那豪华无限的阿房宫镶嵌其中，闪耀着灿烂之光，但这该是最后的风景了。关中虽好,而我不能久留。阿房宫举世无双,但我会付之一炬!我要烧掉的不是一座奢华的宫殿,而是我项羽心中的一座坟墓。我是江东的子弟,那里有我的父老乡亲,那里,我的女人在等待着我回家。

于是在这天的黄昏,我下达了焚烧阿房宫的命令。我的命令立刻遭到了一些人的反对,这其中就有刘邦。他说:上将军,这阿房宫耗尽了天下百姓的钱财,把它烧了可不好向天下人交代呀!

我说:不对,阿房宫耗尽的是天下百姓的血汗,我烧它就是祭奠这些劳苦大众。

说完这句话,我就走出了这座宫殿。亚父范增紧随而来,他这才问我:将军果真要烧了这阿房宫?

我说:军中无戏言。

范增说:我想知道将军做这件事的动机。

我说:很简单,我害怕在这宫里待久了,嬴政会借我的身子还魂。

范增沉吟道:看来将军的志向果然不在这江山之上,令老朽钦佩。但是,不知将军是否想过,这打下的江山交到谁手里才合适呢?难道将军还真的把那十五岁的孩子当成真命天子?

我说：亚父尽管放心，既然我项羽不想做皇帝，我自然也就不会容忍别人坐享其成。天下乃大家的天下，一个人掌管就是独裁，嬴政败就败在这个上面。所以我愿禀告怀王与大臣，将这天下重新分配，不做大，而做小，在原先的六国基础上还可再分。

后来的史学家对我做出的这项选择是持否定意见的，认为秦嬴政好不容易统一的中国，到了我项羽手上却又把它重新实行了分封，这是历史的倒退。我说过，我这个历史人物面对历史是个门外汉，我不好就此发表看法。我只能说我个人不喜欢皇帝这个称谓，我也看不出你们这以后的历史上出了几个好皇帝。很长时间以后，有个叫孙文的男人彻底铲除了这个词。这是很了不起的壮举。而我在当时的情况下，实在是想不出谁能管得好这个天下，我只能表明我没有称帝的欲望。所以我划分出了十八个区域，封了十八个王。我也不想排斥异己，要不然，刘邦何以能成为汉王？在这个问题上，我和范增意见相左，在他看来，鸿门宴上我的手软是大错，如今封其为汉王那就是特错了。于是他总爱重复那句话：你等着吧，有朝一日我们会成为他刘邦的俘虏的！那时我还觉得这是危言耸听，我觉得从前刘季不过是一个亭长，所辖十里，如今统治巴山蜀水与汉中，难道还不满足？鸿门宴上我没有灭他，但我自觉已粉碎了他的野心,挫败了他的锐气,我的目的也就达到了。我记得虞说过:不要用刀说话。我想,一个人的欲望总是受到良知道德约束的,刘季最清楚他自身的分量,他的确杀过一条蛇,但那蛇不是白帝之子,那就是一条最普通的蛇,稍有胆量的男孩都能办到。

我们的楚国也划成了四块,即西楚、衡山、临江和九江。我只要了西楚,定都彭城。这以后,人们就称我作西楚霸王了。那时我就想,我这下也算是功德圆满了,自由的日子似乎伸手可触。我记得在班师回彭城的路上,我有了一种身轻若燕之感。与此同时,我的重瞳又一次重叠到了一起,于是我看到那遥远的地方,我的女人在向我招手。我一鞭落下,乌骓撒开了四蹄,于灿烂的阳光下卷起了一阵黑的旋风。这应该是公元前206年的春季,太史公从这时起就按汉的年代纪年了。其实刘邦登基是在四年之后,他后来这么一改,似乎显得汉代的日子长了不少。时间是个奇异的现象,人生如梦,草木一秋,一个朝代和一个人的生命一样,从诞生的那一天起就预示着死亡。发展的本质就是生死交替,这是规律。刘邦在位八年,也还是死了。他的阳寿有六十一年,一倍于我还要多。但我一点也不遗憾。

9

历史学家从来就认为我陷入所谓四面楚歌的局面实际上是这个时候形成的。认为自打这公元前206年开始，我的境遇在每况愈下了。这话当然也有几分道理，然而真实的情况还不是这个样子。我不是一个能对天下负责的人，我只能对自己负责。我们项家从来就没有这个规矩。我的本意已经向你们表明了，我不是那种吃不到葡萄就说葡萄酸的人。我随时可以吃这葡萄，但没吃之前我就猜到它是酸的，所以不吃。这不是文字上的噱头，是重要的区别。重新分封之后，我也没怎么指望从此天下太平。我的想法很简单，也可以说很幼稚，我希望他们自己管理自己的地盘，为老百姓干几桩好事，即使闹，也不要把手伸到别人的土地上来。但是，情况偏偏就不是这么回事。

我回彭城不久，原定带着虞去乌江那边寻猎，过几天轻松的日子，还未出门，亚父范增就匆匆赶来了，说齐国的田荣撵走了齐王田都，又杀了胶东王田市，现在联合昌邑人彭越把济北王田安也杀了，田荣自立为齐王。亚父说：一个田荣就把整个齐国的天给闹翻，这个事的影响坏透了，必须严惩不贷。

没过几天，心藏怨恨的陈馀也在常山兴风作浪，赶跑了他的老友张耳，与代王歇沆瀣一气，赵国也乱了。

这多少有点出乎我的意料之外。我原想日后要作乱的非汉王刘邦莫属，尽管张子房再三对我表明，说汉王已烧了蜀路的栈道，发誓不再回头，我还是心存警惕。果然，在我平息齐赵战乱之初，刘季便向三秦运动了。这就是史书上记载的"明修栈道，暗度陈仓"，采取的是声东击西，倒是让久经沙场的雍王章邯上了圈套，兵临咸阳城下，章邯蒙羞自尽。接着，塞王司马欣和翟王董翳相继投降了，一时间，刘邦获得了空前的壮大。等到这年的秋季到来之前，响应刘邦的各路人马会师洛阳，他们下一个目标就是直指西楚之都的彭城。他们向我宣战了，这很正常，我倒觉得是件十分开心的事。我就对亚父说：当初在鸿门宴上，我原想和刘季进行体面的决斗，结果你老人家急着对我三示玉佩，把局搅了。我希望这回你最好与我配合默契，光明磊落地除掉刘邦这个贼子。

亚父说：霸王，你是个很标准的军人，但有时候也有几分书呆子气，历来战争都是只讲结果而不论手段的，你大可不必考虑什么规矩。

我就说：我天生就是个讲规矩的人。没有规矩何以成方圆？当初坑了章邯那二十万秦卒还一直是压在我身上的一块巨石。

那些日子我真的很兴奋。说实话，连天的征战令我厌倦，但是真的偃旗息鼓了，我又觉得有点寂寞了。范增说这一点上我又很像我爷爷项燕。于是我开始沉醉于制订作战方案，严阵以待来犯之敌。我甚至觉得，解决我和刘邦的问题现在已是最后的机会了。有一天，尖兵来报，说刘邦的汉军全穿上了白衣，连赤色旗上也系上了白帏，声称为刚死的义帝发丧。我一听就气愤了，本来你刘邦来挑战是一件很正常的事，你不安分，要打，我只好奉陪。可你不惜以诬陷我来征战，这就他妈的是王八蛋的伎俩了！历史上的义帝死于赴长沙的道途，相传是被九江王英布的人所杀，此事与我毫无关系。现在刘季却一口咬定说英布接受了我的密令。真是荒唐！一个人做事总是有目的的，天下实行了重新分封，所谓的义帝不过是个摆设，就像后来出现的西方大不列颠帝国的女皇，我凭什么要杀那个十几岁的孩子？即使我要杀，我可以在彭城就下手，公开下手，又何苦密令英布呢？再者，这个英布又不是我的心腹之人，我怎么向他下达所谓密令？他不是很快就投降了你刘邦了吗？他干吗不把我那份"密令"呈到你汉王手上，作为见面礼呢？刘季这一手很高明，既讨了个出师的名分，又振作了军威，还可以笼络天下人心，可谓一石三鸟。但就是太下流了。兴兵发丧可谓用心险恶。我被这流氓彻底激怒了！我想，这回我的手是不能再软了。

在经过周密部署后，我决定暂时放弃彭城，先让他刘邦出手，我后发制人。结果睢水一战下来，汉军死伤者达三十余万，那些尸体横七竖八地堆在河里，几乎筑成了一道肉坝，迫使河流改道。这些战死的将士临死还穿着一色的白衣，现在他们是自己给自己发丧了。他们都是些好青年，倘若他们的汉王野心有所收敛，他们会娶妻生子男耕女织，过上祥和的日子，现在却成了炮灰。望着夕阳下的睢水河，我第一次感受到了什么叫残阳如血。这凄惨的景象连我的乌骓都看不下去，它向着北面仰天长嘶了三声。那是山东。

然而，刘邦逃脱了！

无论后人作何评价，穷寇莫追还是我恪守的原则之一。这或许不符合政治家的逻辑，但体现了一个职业军人的道德观。那时我想，如果你刘邦秉性不改，总有一天你还会落到我项羽的手上。我是不是很自负？是的，作为军人，我从来就是自负的。

我和刘季的这次交手，从我这方面看，唯一的损失就是让这家伙跑了。不过我又很佩服他，在如此混乱的局面下居然在亡命途中纳了妾，收了戚夫人，也算是大将风度了。他得了新人，却把旧妇和老爷子留给了我。我的手下曾多次提出把刘太公和吕氏杀了。我说：我和刘邦只是两个男人之间的事，与其他人没有关系。我也不认为这是楚与汉的问题。我有这么一个敌人，哪怕是假想敌，也算是圆了我作为军人的一个梦想了。没有敌人，军人那该多么寂寞。我本以为天下重做分封之后可以带着我的女人去云游四方，可刘汉王不让我歇着，我当然就要奉陪到底。这样到了第二年的春天，我们就对刘邦据守的荥阳城实行了包围。我倒要看看这回他刘邦如何逃脱。没过几天，张子房递来了消息，说汉王准备投降了。既然如此，我也只好鸣金收兵。亚父范增却不同意，他认为这肯定又是张良的诡计，主张打进去。他说：刘邦虽然目下陷入了困境，但他还有大片的河山在手，还有韩信的几十万兵马可搏，他怎么可能俯首称臣呢？我就笑道：我和刘邦之间本来也就不是什么君臣的关系，我只要让天下人知道，他刘邦尽管有萧何张良那样的谋士，尽管有韩信那样的骁将，但最终也照样不是我项羽的对手。我要的就是这个。

亚父就说：那你当初对秦王子婴怎么是那个态度？

我说：这不同。刘邦是我的敌手，交战的结果非亡而降，很正常的。子婴是作为秦王朝最后的象征而存在的，他虽然没有野心，但投降就是苟且偷生，使全体的秦国人蒙羞。他必须一死对他的国家有个交代。

亚父长叹道：这老夫可就不懂了！同样是你的敌人，一个不战而降你却要他死；一个和你战了几年打你不过，你却愿意接受他的投降，这是什么逻辑？

我说：这是我的逻辑。

亚父也不想再辩，但从这老人颤动的白胡子看，他对我的看法越发地强烈了。他历来就主张痛快地杀了刘邦，然而他哪里知道，这个刘邦的存在对我该是何等重要。第二天傍晚，受降的仪式开始了。等被围困在荥阳城里的妇孺老人出来后，刘邦的车子就缓缓而来了。远远看见刘邦神情安然地坐着，亚父就说：汉王豆腐倒了，架子却还端着，俨然王者风范。听他这一说我忽然就觉得不对，定睛一看，就发现这是刘邦手下的将军纪信。这纪信真是好汉，不由我说，他就点燃了自己，于火中高喊：霸王，汉王已脱险，你收兵吧！天下最后还是汉家的！

我什么也没说，被眼前这悲壮的景象所感动。我当时离纪信的自焚现场只有一丈开外，我能听见烈火撕毁皮肉的清脆声响。我内心感叹道：好一个壮士！

等我掩目转过身时，亚父范增已经不见了。

10

我和亚父范增的矛盾由来已久了。自打鸿门宴那次起,这矛盾就越发加剧。我完全懂得这老人的心思,这些年跟着我着实费了不少心。他的确算是个高人,尽管我们观念上很不和谐。我欣赏并尊重他这种老人,张子房不能与他同日而语。范增老谋深算但从来不出诡计,他讲信用,也不靠装神弄鬼来美化自己的过去。所以他的离去让我很伤感。后来我听说他病死在归乡的途中,我忍不住哭了一场。我是个孤儿,自幼父母双亡,靠叔叔项梁一手拉扯大。项梁战死定陶,亚父便是我最后的长辈了。如今他也走了,我不能不感到悲痛!我听说现在的史书上认为,我是受到叛臣陈平的挑拨离间之计,对范增和钟离眛产生了怀疑,才把这老人气走的。这可能吗?我项羽能对一个老人恩将仇报那我就不能叫项羽了。但我承认,范增老人是让我气走的,是失望而归。这是我们共同的遗憾。即使这一回他不走,到了割鸿沟为界时,他还会拂袖而去的。亚父对我最大的意见是责怪我的轻信,而他的离开又让后来的史学家们认为我多疑——一个轻信的人会多疑吗?

还有人说,我之所以落到楚河汉界这步田地,与当初不重用韩信这个人关系甚大。我承认，自从高密潍水一战韩信挫败了大将龙且并斩了龙且本人的首级，楚汉两家的军事形势的确发生了一些变化。然而即使这样，我对自己以前的决定仍不后悔。我第一次见到韩信对这个青年的印象很好，凭直觉我就感到此人日后是不可多得的将才。但是不久我就听说了他那至今广为传颂的"胯下之辱"的那一幕，心便霎时凉了。忍是一个男人的美德这句话或许不错，但是这个人为求一忍而不惜出卖自己的尊严，就让我觉得可怕了。甚至让我厌恶。一个男人倘若连尊严都可以舍弃，那他还有什么不可舍弃的呢？所以后来他为求自己化险为夷，竟然拿他最亲密的朋友钟离昧的头去讨主子刘邦欢喜，也就不足为奇了。我讨厌"大丈夫能屈能伸"这种表达方式，我敬慕的是刚正不阿与宁折不弯的男人气概。比如说那位救主自焚的纪信将军，比如说后来那位宁死不屈的田横将军以及困守海岛集体殉国的齐国五百壮士。这种虽死犹生的男儿风范理当万世流芳。

相形之下，他韩信也不过是叱咤风云的苟且之人罢了。他最终落到吕后之手却是出乎我的意料之外。

当时战局的微妙之处就是韩信的左右彷徨，他既畏惧我，又不肯轻率地背叛刘邦，自己私下还打着三分天下的算盘。

韩信据守齐国按兵不动，急坏的不只是刘邦一个人，我也急。我总觉得这时候进攻广武多少有点乘虚而入的意思。若不打，又怕贻误战机。人言韩信善战，他却始终不敢与我进行正面接触，反倒把我好战的胃口吊起来了。我倒是真的犯了难了。就在此时，张子房给刘季出了新招，派一个姓侯的家伙送来求和信。

那信写得极其诚恳，也称得上情真意切，一看便知是张子房的手笔。这封求和书的核心部分是提出割位于荥阳东南的鸿沟为界，以东归楚，以西属汉，此后双方互不侵犯，和好如初。但真正打动我的却是，楚汉两家几年的交战，殃及百姓众生苦不堪言，停止战争乃燃眉之急。这倒是一下击中了我内心最软的地方。想来也是，我们为权力之争，最终倒霉的还是广大无辜百姓。至于说什么我和他刘季今后仍旧兄弟相称，我看就显得多余了。我从来就没有把这种人看作兄弟。什么是兄弟？那起码也该是情同手足，何以同室操戈？

这一天，虞正好从彭城来到了军营。我就让她看了刘邦的这封求和书，想听听她的意见。她看过之后沉默了片刻，才感叹道：要是你们从今往后真按这信上讲的去做，天下也就真的太平了，老百姓会指望过上好的日子。

我说：男人看重的是诺言，讲的是信义。

说着，我就签字了。我觉得我这个签名很漂亮。

虞说：你很得意是吗？

我笑而不答。

虞又说：如果是你出面求和，你肯吗？

我说：这不可能，胜利者从来是不主动苟和的。

虞就叹道：你这个人的悲剧就在于你一贯的胜利。其实某种意义上，我很愿意看到你的一次失败。我想这对于一个军人，才算得上完整。

这话倒叫我一时糊涂了。

翌日早晨，我让所有的文臣武将一律身着便装，列队于大营的辕门两侧，等候刘邦的人到来。同时我吩咐钟离眛把刘家的老爷子和吕氏领出来，打算就此交给刘邦。钟离眛说：霸王，这么一来我们就再没有什么赌注了。这话叫我不悦，就责怪了他几句。我说我本来就不是拿他们当人质的。前些日子我们攻打广武，我在城下对刘邦喊话，让他出来把老父妻子领走，可他害怕是计，不肯出来。我就说：刘季，你居然连父亲妻子都不要了，你难道就不怕我一怒之下把他们杀了？

钟离眛说：这事我在场，当时汉王竟然说，你我是兄弟，我的父亲也就是你的老子，你杀他就等于杀你老子，我还正等着你分我一杯羹呢。刘邦这样说不乏机智，但我听起来很不舒服。

我就笑了,说:这就是标准的刘汉王!你后来射他一箭,我明明看见正中了他的右胸,他却说是射在了脚上,这算什么玩意儿?

钟离眛问道:霸王,你看清楚了?

我说:不会错,我这双眼睛与众不同。

我没有多做解释。这时,外面响起了鼓角声,刘邦一行人马到了。他们也换上了便服,收拾得还真体面。我自然要迎上去,还不到跟前,刘邦就对我施了大礼,说:籍兄,我感谢你给了我这个面子,从今往后我们按章办事,以行践约,老账就一笔勾销了吧。

我还礼说:和谈是结束战争的典范,有你这句话,我很满意。

然后我就叫钟离眛把太公和吕氏交给了刘邦。不料那太公对儿子扬手就是一耳光,骂道:畜生!你还有脸来见我!你今天是不是来分我这身老骨头的?吕氏也跟着大哭起来,说刘邦不仅不来搭救她反倒趁机纳了妾。这一闹,使得原本肃穆的和谈仪式变成了一出戏文。幸亏张子房及时将他们拉开了。这个瞬间,我和这个神秘莫测的张良对视了一眼,子房把目光虚了过去。

接下来，是双方互换文书。整个仪式进行不过半个时辰，就完了。我本想留他们共进午餐，刘邦说他急着要赶回咸阳，日后再聚。我说：这也好，我们在外面也待了不少时日，士兵们思乡心切，我们得回彭城了。

刘邦又对我施礼，这回是感谢我对太公与吕氏的照顾，他说：家父贱内在楚打扰已久，如此大恩容我将来图报。

我笑着摆了摆手，说：汉王言重了。我不过是尽了本分。你我的事只能由你我解决，与他们原本就没有关系嘛！

其实我心里在说，只要你刘邦按你说的去做，就是对我最大的图报了。为了表示诚意，我当即下达命令：全军将士整装待发，明日开赴彭城！我的话音刚落，鼓号齐鸣，一片欢呼。我望着这些江东子弟，心中突然感到十分内疚：他们跟着我南征北战，每一次战斗都要有人舍弃性命，他们图的什么？他们既不能封王又不能受地，所求的仅是有一个和平的日子，而我却不能给予。对于他们，战争是通往和平的一条险径，但绝非他们的前途。我的心越发地沉重了。

这天晚上，我和虞相对坐于大帐内，红烛高烧，久违的楚歌从营中飘荡而至，将士们在联欢，明天，他们就要踏上归乡的路途了，他们的家人在期盼着团聚。我给虞斟上酒，然后轻声地问她：你知道此刻我在想什么吗？

虞不答，也不饮酒，只是一往情深地看着我。

我拿起那把画戟挥舞起来，只见烛光像礼花一样五彩缤纷。等我舞毕，虞才站起来说：是不是突然仗打完了，你感到寂寞了？

我说：仗打完了我不遗憾。我遗憾的是自我起事以来，大小战斗经历了七十余次，却没有遇见一个真正的对手。

虞想说什么，却终于没有说。

我抚摸着这把上天赐予我的画戟，心里不禁涌出了几分忧伤。我对女人说，等回到彭城，我要带她骑着乌骓再去乌江边上过几日。我说那时我会把这件心爱的兵器送回到它原来的地方，上天赋予我项羽的使命，我已经完成了。

虞把那杯酒敬于了我。

11

这两千多年来，我一直在想，对于人尤其是对于一个男人，最无耻的事大概莫过于背信弃义了。如果天下由一个既不信守诺言，又不准备践约的家伙控制着，这天下必定黑暗无疑。人不要脸是什么坏事丑事都能干得出来的。对于我，历史上的楚河汉界是我对历史的一个交代；而对于刘邦，应该是羞耻的标志。我履行了诺言，而这个小人却撕毁了协定。就在我们行至垓下之时，刘邦派韩信的人马对我们实施了包围。据说最初打这个算盘的还是那个一肚子阴谋诡计的张子房，他对刘邦说，鸿沟之约不过是个幌子，也可以看作是缓兵之计，如果汉王想一统江山，这时候调兵遣将打项羽一个冷不防则是千载难逢的良机。就这样，刘邦调动了韩信、彭越、英布、臧荼等几路兵马向我扑来。我知道，我的处境很危险，陷入重围按兵不动，粮草给养只能维持到一个月。我只能选择突围。但在这之前，我需要同那位号称智勇双全的大将韩信会一下。倘若我死在他的枪下，我死而无憾。我甚至感谢他成全了我，让我像个军人那样度过生命的最后时光。

于是第二天，我策马来到了阵前，对着汉军的大营喊道：让你们大将军出来，项羽在此恭候了！

韩信果然就出来了。和几年前相比，这个人确实有了一些大将风范，神色也比较镇定。他对我拱手作揖道：霸王，别来无恙？

我笑道：我现在该称你齐王了，但我更愿意把你看作一个军人。

韩信说：我本来就是一个军人。

我说：可你怎么连军人起码的德行都忘了呢？你见过连

战表都不下就偷袭的军人吗?

韩信迟疑了一下,说:霸王,军人是以服从命令为天职的。我是汉王的部下,他的命令我自然要执行。

我说:韩将军,这大概就是我们的不同了。我是发布命令的,你是执行命令的,但是,我心里十分清楚,你是个极善于把握时机的人。我兵临荥阳时,你的汉王朝思暮想地盼你来解围,你却借故推托,仅此一点,你不及纪信忠诚。现在你来劲头了,我想这或许是两方面的原因吧。其一是你刚得了封地,成了名副其实的齐王;其二是你深知我将士疲惫,粮草短缺,桃子不摘自落,你轻而易举地就捞到了功勋与美名,可这对于军人是不是很不过瘾呀?所以说,我今天和你交手,无非是两个结果——不是你成全我就是我成全你。我很愿意把我的头交到你手上,但不会轻松地让你拿。怎么样,我们开始吧?这或许是我项羽最后的一仗了,我希望我们玩得漂亮一些,也好让后人大书特书一番。

我说完,就勒住缰绳,在等待着他先出手。这时候我的重瞳再一次重叠起来,我似乎看见了韩信内心深处的虚弱与怯懦。这个人说穿了还是挂记着死,他怎么也舍不得把刚分封到手的几个县邑再交还给刘邦的。于是我的希望落空了,我期待已久的激烈搏杀很快就演变成了一场乏味的追剿。韩信和我交手还不到五个回合,就玩起了金蝉脱壳,一溜烟地向山里钻去了。我后来听说,这个背叛军人灵魂的男人居然说,他目的是想诱敌深入,好一举聚歼之。倒是那些助威的士兵给我留下了不错的印象。他们不阻挡我,像退潮似的闪开了一条路。他们的脸上刻着复杂的表情,他们想为我的武艺欢呼喝彩,但又怕伤了他们大将的面子,于是他们就用一种含糊的声音表达这种不可抑制的愿望,他们叫喊着:呜嗨——呜嗨——

这很像我们楚歌里的和声。我的画戟如风呼啸,我仿佛在指挥着这壮美的和声齐唱,同时我也被深深地打动了。这大概就是你们后来听到的四面楚歌的前奏吧?

楚歌是在午夜之时响起的。那时我刚刚卸下盔甲,吩咐马夫去给乌骓洗个澡。像往日一样,虞已在大帐里给我摆好了酒菜。虽说我们的处境很不妙,但是女人并没有表现出意外的惊慌。她甚至看上去是平静的,好像眼下的局面和平常差不多。几日前,当我们得知刘邦撕毁鸿沟之约时,女人第一次现出了愤怒,当时她说:沛公年长你许多,怎么德行如此之低下呢?她也就说了这一句。

我坐到虞的面前,说:真没劲,连韩信也混成了这样!

虞说:是的,我看了都觉得没劲。

想来也觉得好没趣味，我说：怎么我老遇见这号人呢？

虞这才问道：你打算怎么办？

我不假思索地答道：突出去好了。

虞说：你认为能突出去吗？

我说：不成问题的。我可以背着你突出去。

虞沉默了一会儿，说：我不想这样。

我说：不想？难道我们还坐以待毙不成？

虞说：对，我在考虑死。

这颇叫我吃惊，这个问题我还没考虑呢。我就扶着她的肩说：别这么想，我们突出去，我们不是说好了去乌江边上泛舟狩猎吗？

虞说：我觉得活着很累，也很乏味，因为我总要面对着那些我所不齿的人，而且还是男人。而且这些人最终都要成为统治者，要行使管理我们的权力，我无法忍受的就是这个。

我打断说：所以我要与他们决战到底。

虞说：没有决战。即使你杀了这个刘邦，还有另一个刘邦要做皇帝；即使是你自己做了皇帝，你又如何能保证你和刘邦毫无二致呢？你忘了吗，几年前你当了上将军不久，一夜之间就坑杀了章邯二十万的秦卒？什么使你变得残暴？是私欲。是本性。这是无法改变的。

我一下没话了。

虞接着说：我做这个选择，还有另一个意思。就是不想连累你。

我说：这从何谈起？

虞说：你别太大意了。韩信今天虽然败了一仗，但不会一败再败，他会一直拖着你，一直拖到你草尽粮绝，他拖得起。我曾经想过，你的悲剧在于你是个常胜将军，打遍天下无敌手，但是现在，我不希望你因为我而成为他韩信的俘虏，那种人不配接受你的投降。如果你是我心爱的男人，你就必须突出去！

这时候，我们听见了四面的楚歌声，像大潮一样由远而近。那是真正的楚歌，其声悲壮而悠扬，仿佛自九天而落。这歌声寄托着我们楚人最简单的理想，就是正义与和平。歌声从楚营传到汉营，响彻云霄。我们情不自禁地走出帐外，今夜的月色散发出清冷的寒意。虞依偎着我，轻声说：你听，这是为我以壮行色呢！

说完，她抽出我的佩剑，刎颈而去了。她的暖血喷射到我的脸上，与我的泪水融成了一体。我很悲痛，但更多的是为此生拥有这样一个女人而自豪。我慢慢把虞放倒，然后小心地裁下她的首级，用我的衣服包好，再将她系到身上。

我下达了突围的命令。我说：弟兄们，让我们唱着楚歌上路吧！

12

我必须告诉你们的史学家，垓下突围与你们对我的美化不一样。试想，面对韩信三十万兵马，我一支画戟能挑得开路吗？我是做好战死的准备的，结果却没有死。我的画戟上几乎没有溅上一滴血。就是说，汉军并没有怎么拦我，或者说只是象征性地拦了我一下。如果我这么说还欠妥当，那么后来我到了乌江边上，怎么恰好就碰见了那位乌江亭长呢？而且他还早备好了一只轻舟。他怎么能料定我要到此？太史公用心可谓良苦，非要借我之口来为我的死寻一个合适的托词，说我感叹是天要灭我，说我之所以不渡江东是无颜见江东父老。这似乎很具戏剧性，是个巧合。可我作为当事人不同意这种牵强附会的解释。我深知这是有人事先的安排，不希望我就这么给刘邦方便。这个人是谁？我不知道。我一直把他视为你们心中的那个人。这个人无疑是轻视刘邦的，至少他不信任刘邦以及刘邦们。如果按西方人的解释，这个人或许就是上帝。上帝之手总是看不见的，但每回伸出来都非常及时。

然而这回我让上帝失望了。我违背了他的意志。

当我从乌江亭长手里接过船时,我要做的是把我心爱的坐骑乌骓送上去。于是那亭长就急了,他几乎是用哀求的语气对我说:霸王!江东虽小,但仍有千里江山,数十万兵马可用啊!你还是尽快过江重整旗鼓吧!

我笑了笑,说:老人家,问题是我是个不爱江山的人啊。再说,我就是重整了旗鼓,东山再起了又当如何?再去与刘邦玩吗?要玩也行,但总得有个游戏的规则吧?如果我也不讲这规则了,岂不是两个流氓在闹得天下不得安宁吗?

那老人就此沉默了。过了会儿,他便消失得无影无踪。

那个时分,天已经微白,曙光在乌江上闪烁着黝亮。我徘徊在江岸边,心情渐渐变得有些沉重。八年前,我就是在这个地方看见远方那团广博的绿色的。然后,我又发现了现在握在我手中的这把举世无双的画戟。它安静地躺在江底的白沙里,我竟将它打捞而起。这事仿佛就发生在昨天。现在,我需要把它送回原处。于是我扬手奋力一掷,送走了我的武器。但就在此时,一种极不舒服的感觉缠绕着我。我想自己从二十三岁起事,大小战役经历了七十六次,竟然还没有遇见一个真正的对手。作为军人,这不能不说是个遗憾。现在,我的画戟已离我而去,我的坐骑也离我而去,我最爱的女人也离我而去了!这世界仿佛只剩下了我一个人。

忽然,我听见了一个声音在轻轻地呼唤着我——

项羽,你听见了吗?

我说:我听见了。

我是谁?

你是我的虞!

你不该有所抱怨。

我没有抱怨老天对我不公……

其实,有一个对手一直在跟着你。那才是你真正的对手。

我知道,我刚刚知道……

那就好……

虞!虞!虞——

虞的声音消失了。而此时,我看见我的乌骓立在船头回首对我一声嘶鸣,然后纵身跳到了湍急的江水之中。我知道,我该与这个一直紧跟着我的对手进行最后的决战了。我抽出我的佩剑——当初的鸿门宴上,这本来应该是解决我和刘邦的手段,此刻却变成了我完成人生的助手。看来我的重瞳实在是不算什么。我头顶上还有一双亮眼——那是天的眼。从这个意义上,太史公认定是天在杀我,倒也自圆其说了。

我很轻松地就把我的头颅割下了。我最后的感觉是记得我的血很烫，带有微咸。

不久，吕马童和王翳他们赶来了。他们找到的是一具无头的尸体。他们没有找到我的头，当然也不可能找到虞的首级。这一对头颅去了哪里只有苍天知道。于是，他们只好把我的尸体当场就瓜分了，因为他们的汉王已悬赏，这具残尸却足以保证他们一辈子的荣华富贵。据说乌江的岸边还流淌着我和虞的鲜血，江浪竟没有把它冲刷干净。

第二年春天，这块地方开出了一片不知名的红花。有一天，一个老人领着他的小孙女到这儿散步。那孩子就问：爷爷，这些漂亮的花儿有名字吗？

老人思忖了片刻，说：有。她叫虞美人。

1999年8月22日初稿于北京天坛之侧

9月2日改毕于合肥寓所

《合同婚姻》札记

《合同婚姻》札记

或许是前几年多写了点,近两年我的精力大都用于看闲书上了。这部《合同婚姻》是我在去年间写下的唯一的中篇小说。但关于"合同婚姻"的提法却在五年前就显示在我的小说里——我在《海口日记》里曾经借那个"我"之口说过类似的话。那也是一个中篇,写于1997年。去年我编一部小说集的时候,又注意到了这个意思,忽然觉得话并没有说完。这应该是这部小说的一个由来。

我一直认为,人类关于婚姻制度的设计是一个败笔。最有力的例证是离婚率不断大幅飙升。婚姻是全人类共同面临的问题。假如把婚姻理解为一个产品,婚姻危机或离婚,是大抵可以算作大修和退货的,那么在今天看来,生产这个产品的流水线就有很大的问题了。这个流水线就是婚姻制度。我这么说，自然会引起两极的争议，或赞成拥护，或反对批判，这都正常。一个作家的任务是揭示问题，却不会拿出解决问题的方法，即使是小说中男女主人公实行的这种"合同制"，我看也未必就是医治两性关系的一张良方——他们不是照样也面临着"往后怎么办"的危机吗？不过我们得承认，结婚和离婚终究是人的一项权利。

婚姻好比手里逮着一只鸽子，松了鸽子要飞，紧了鸽子会死，最后只好用绳子把鸽子拴在手里，看着它的翅膀在手心中扑腾，算是给了个有限的自由，不过那情形真的很滑稽。早些年，美国有部根据同名畅销小说改编的电影叫《麦迪逊桥》，中译为《廊桥遗梦》，被舆论认为是在呼唤人类的古典情怀的回归。但我想问题似乎不是那么简单。作品中那个男人与那个女人一起生活了四天，才有了这么多的感叹。要是他们一起生活四年，或许就少了很多。要是一起生活了四十年可能就无话可说了。有人说，婚姻好比不断地往酒里兑水，日子越长就越淡。这话有点绝对，但不是一点道理没有。我们的尴尬在于：社会在走向现代化，人心却在走向古典。这是一个无法回避的落差。人活在其中如何突围？

《合同婚姻》写于2002年7月，由《花城》杂志首发，

《小说月报》转载,并获第十届《小说月报》"百花奖"。一些外埠的报纸也在连载这篇小说。其中最有趣的,是陕西的《华商报》。他们搞了一个活动,向社会公开征求《合同婚姻》的结尾,然后让我来评选颁奖。于是就有了"伤感的结尾""无奈的结尾""幸福的结尾"以及"意外的结尾"。这篇小说质疑的是传统的婚姻制度,说的是形而下,触动的却是形而上。

不久前的一个晚上,我接到一个陌生读者的电话,他自称是在广东一家报社供职。他说他和他的一些朋友,很喜欢我以前的作品,譬如《流动的沙滩》《三月一日》《重瞳》等。但是现在看到《合同婚姻》,就感到十分意外。他说像我这样一个纯粹的小说家,不应该去写这种"问题小说",而应该在文本上不断探索。电话里我没有多说什么,但我向他表示了感谢。

我历来认为,一篇作品发表或者出版,就是一个客观存在,读者说什么都可以。另外就是,一个作家,至少是像我这种作家,每一次的写作,选择的是他自己认可的最佳方式。这个意思实际上是承认了,一篇小说应该有多种写法,但你只能选择最佳。形式无疑是载体,但最佳的形式就会成为被载的一个部分。因此,无论是"先锋"还是"现实主义",在我这里都仅是一种表达的需要。一个作家不会打着旗号去走路，可是他的每一次写作行为往往会被人归纳。我曾经有一个比方：小说的形式与内容，如同紫砂壶与乌龙茶。福建安溪是出产乌龙茶的地方，你用玻璃杯子沏，也未尝不可；但你总还是觉得不如紫砂壶沏的舒服。这"觉得"和这"舒服"，就是因为紫砂壶已经成为被载的一个部分了，而玻璃杯却不能。其实玻璃杯未必能破坏乌龙茶的味道。破坏的是你的感觉。写小说也正是这样，叙述和汉字，对一个有能力的小说家而言，不仅意味着能帮助你说出什么来，更在于让你觉得只有这么说才舒服。

我现在正应北京人民艺术剧院之约，将《合同婚姻》改编成一个多场次的话剧。我对话剧也是有情结的，相信春天里这出戏在京城上演，会成为一道养眼的风景。

2003 年 12 月，北京寓所

关于《重瞳》的一些话

在我十八年的小说写作生涯中，只有这部《重瞳》是个例外，一下写到了两千多年前。这部小说早在五年前我就想写了，记得当时从海口路过广州，一个晚上我和田瑛一起散步，他问起我的创作近况，我告诉他，我想写项羽，用第一人称写。他立刻就说，好，你快把它写出来，能写成个长篇吗？我说不过是有这么个想法，还没深想呢。田瑛便又说了句：这个题材也只有你写合适。这句话让我有些震动，便想起不久前鲁枢元在评论《风》的文章里说过：潘军的身上有一股塞上军旅的霸气。两位朋友的话使我这个刚萌生的写作念头变得强烈，似乎马上就想把《史记》找出来重读，开笔就来。

不久，我离开海口去了中原的郑州。这里正是当年楚汉相争的古战场,听一位朋友说,位于荥阳境内的那条著名的鸿沟还在,那儿还立着一尊乌骓马仰天长嘶的塑像呢。我们本来约好要去看看的,结果却因手头的一堆杂事一搁再搁,终于没有成行。那个时期正是我这一生最背时的日子,我陷入进退两难的境地,离四面楚歌仅一步之遥,差点就彻底栽了。尽管日子不顺,我的内心还不至于过分焦虑。我仍然在想着项羽,因为我很喜欢这位中国古代的将军,而且第一人称的叙事总能让我产生写作的欲望与冲动。于是便找来了《史记》和《汉书》,两两比较,我还是喜欢司马迁。但我还是很踌躇,觉得故事新编的做法意思不大,怎么写和写什么同时提到了面前,而我一筹莫展。

又过了几日,我分别写出了三个开头,拿给朋友看了,自己其实并不满意。我想这件事还真是急不得的,得悠着点。谁料这一"悠"就是五年。

去年的夏末,我写完长篇三部曲《独白与手势》的第二部《蓝》,总感觉这一口气还噎着在,如鲠在喉地不舒服,就再次把《史记·项羽本纪》翻出来,认真读了几遍,忽然意识到自己可能找到了想要的叙事方式。

我选择第一人称叙事,实际上也就是让死人说话,让项羽的亡灵说话。而既然是亡灵,他的视野就应该是无限的,如同传说中的"重瞳"。确定这一点十分重要,它意味着这部小说具备了一种特殊的叙事形式。同时这种叙事上的策略意外地使我对把握这个题材豁然开朗。这样我就可以完全抛开史籍对这一题材的规定性,天马行空。现在,我可以按照我的想象与思考来进行我的写作了。

> 我要讲的自然是我自己的故事。我叫项羽。这个名字怎么看都像个诗人,其实我自己早就觉得是个诗人了,但没有人相信。而民间流传的那首"力拔山兮"又不是我的作品——我不喜欢这种浮夸雕琢的文字。

开篇我就这么写道,我心中的项羽应该是这样的——

> 我不是奇人。我不是你们印象里的那个"力能扛鼎"的大力士,我的身高也没有八尺,非但不是,我自觉修长而挺拔的身材还散发着几分文气。

这个定位无疑具有对历史的叛逆性,这正是我所需要的。但是对于这个家喻户晓的故事,企图做一次彻底的颠覆实际上已不可能。我无法改变历史中的事件、人物,如同我不能忽视时间和地点,但是我可以对它进行重新的解读。我的责任是寻找另外的可能性。这应该是我写这部小说最为重要的支点。

事实上,司马迁的《项羽本纪》是具有重新解读的性质的。最典型的莫过于"鸿门宴",围绕着项羽预谋杀刘邦写得绘声绘色,但仔细一推敲,就觉得每个环节都很可疑,整个在鸿门宴上陆续登场的人物在太史公笔下都是那么生动,唯有项羽仿佛成了多余的人,苍白无力,这不能不让我困惑。我甚至怀疑太史公限于当时的某种障碍而故意为之,连起码的逻辑都显得如此混乱,以至于最后让刘邦不明不白地回到了霸上。再看"乌江自刎"的安排,正如我在《重瞳》中写到的那样,怎么恰巧在西楚霸王走投无路之际,会出现那一叶轻舟呢?如此这些,都成了我的可乘之机。我觉得,我已经有把握来写这部小说了。在小说写过三千字后,我决定增加一个副题——霸王自叙。我要求项羽作为当事人出来说话,要求这个死去两千多年的亡灵出来把司马迁语焉不详,或者说得不妥的地方说个明白。甚至咬文嚼字,譬如对项羽祖父项燕的死,司马迁写道"为秦将王翦所戮",便遭到"我"的驳斥——

关于这一点,太史公说得不对,甚至非常错误。我祖父项燕并非死于秦将王翦的枪下,他是饮剑自尽的,虽说都是一个死,但之于军人,自裁无疑是光荣的。

接下来"我"又强调道——

这个细节我之所以喋喋不休,是因为太重要了。它不仅仅是关乎我项家的荣誉名声,更重要的是它预示着宿命。很多年后,某种意义上讲我的归宿实际上也是对我祖父的一次公开模仿。

作为小说家,我更关心的是这种借题发挥。

重新解读与借题发挥是这部小说的两条路,但又是殊途同归。一方面,我需要对史籍中所提供的材料认真咀嚼,从中寻求新的可能性。从现在的作品看,《项羽本纪》里提到的事基本上没有遗漏,但已完全不同了。最典型的是写项羽的几次杀人——杀会稽太守是受了叔叔项梁的唆使;杀宋义是为了救赵,以维护一个军人的尊严;杀王离是骄横;杀李由则是成全。在写到坑埋章邯带来投诚的二十万秦卒时,我犯难了。显然,我是喜欢这个项羽的,我的愿望是塑造出一个血管里流淌着贵族血液的且具有诗人气质的军人,一个对世界富有天真浪漫情怀、只爱美人不爱江山的男人,一个为连天征战所厌倦的性情中人。"生当作人杰,死亦为鬼雄",李易安的这句感叹多少年前就是我的心声,可是,坑埋二十万秦卒又是无可辩驳的事实啊!一时过不了心理这一关,想了几天之后,意识最后锁定的是权力和人性的关系。权力会使一个高贵的人沦为下流,我不能回避项羽的残暴。但是与此同时,我写了章邯的忏悔,以这样一种暧昧又无法证实的手段了结此事。另一方面,我的思绪完全撇开了历史的局限,把一切在我看来都可以引入的东西全部写进了小说。这是一种幻想,也是一种超现实,更多的是一种心理的真实,以至于在小说发表后,一位朋友给我来信说:"这个项羽不是死了两千多年的古人,而是我们中间的一个,昨天才刚刚告别人间。"

这是我想要的。所以某种意义上,我反对把《重瞳》看作"历史小说"。

2000年第一期的《花城》杂志,以头条位置发表了中篇小说《重瞳——霸王自叙》。随后,《小说选刊》和《小说月报》相继转载，一时洛阳纸贵。我曾经在报纸上看到过一篇关于《重瞳》的评论，不长，却很对我的胃口。那篇文章的标题叫《云霄之上的浪漫主义》。这是不错的。我的确想把这部小说写得洒脱一些浪漫一些，我希望在刀光剑影之中看到一些脉脉温情，我喜欢那种举重若轻的感觉，于是我安排了项羽的吹箫与寻剑，安排了项羽在乌江之畔与虞姬的一见钟情，遥远的楚歌与千里之外那一块绿色的对应，也安排了最后那样的结尾——

第二年春天，这块地方开出了一片不知名的红花。有一天，一个老人领着他的小孙女到这儿散步。那孩子就问：爷爷，这些漂亮的花儿有名字吗？

老人思忖了片刻，说：有。她叫虞美人。

关于《重瞳》，我已经在小说里说够了。就我个人的写作经验而言，迄今为止，还没有一篇东西在写作中能像这样让我感到舒畅。

2000年2月27日，合肥寓所

——原载于《读书》2000年12期

附录

下海·听风

——《合同婚姻》首发编辑手记

林宋瑜

写下"潘军"两个字,我的耳畔就响起他从丹田升起的、肆无忌惮的笑声,似一阵风呼啸而过,你会怀疑天花板都要被震下来。潘军个子不高,能量爆满。人未现,音先到。后来知道他是随母姓,其实父姓雷。难怪让人有天雷滚滚之感。

我来《花城》工作的时候,潘军已经是《花城》的作者。他与当时的主编范若丁老师、编辑部主任田瑛交情甚好,他来《花城》就像是老朋友之间的走访,亲近而随意。

20世纪90年代初海南建省,潘军离开了在安徽省政府的工作岗位,直奔海南,下海创业了。敢于脱离体制离开金饭碗的人,敢于第一个吃螃蟹的人,都是具有先锋精神的人。所谓知人论世,要谈潘军的作品,把他的生活轨迹结合起来看,是颇有意思的,因为它们之间有某种奇妙的呼应。

潘军到海南之后，果然淘到金。潘军不是一个以挣钱为目的的人，他是一个想挣更多钱可以支撑他去实现梦想的人。他的梦想是四十岁前写小说，六十岁前当影视导演，六十岁后绘画写字，品茗听风。如今他年过六十，生命已如所愿。

我成为潘军的责任编辑，是因为他原来的责编王虹昭离开《花城》了，也是潘军离开海南北上的时候。带着在海南挣到的钱，潘军开始投资拍摄他的第一部电视连续剧《大陆人》，剧本由他原创。剧组经过广州，并需要在广州拍摄一些镜头。《花城》编辑部帮忙带领了许多出版社同事去充当群众演员，大家都觉得拍影视太好玩，乐了一把。潘军听说我没去过海南，就让我以随剧组记者的身份跟他们一起去海南走一趟，交几篇采访报道就行了，还可以向他组稿。太高兴了，这样的美差何乐而不为？一路上我与潘军的妹妹潘微住一屋，颇投缘。他们兄妹情深，小微天天嘴上挂着"我哥我哥"，听多了，连我也仿佛觉得潘军成我哥了，潘军确实有大哥风范。此后，我与潘军及其家人，不管联系不联系，都有一种很亲切的情感在。小微后来定居美国，多年没联系，但有一次来香港，专程过到广州来我家里小住几天叙旧。

所以自王虹昭离开《花城》编辑部之后，我就成为潘军作品的责任编辑。

《合同婚姻》是发表在《花城》2002年第五期的头条中篇小说。题目本身就有很强的冲突力，颠覆了传统的婚姻观念，也给读者带来观照与思考的新角度。当婚姻成为一种合同，爱情、婚姻、两性、家庭等问题都受到新的挑战。

小说缘起于一对原本相爱、共同生活四年的夫妻协议离婚。这种事情，在当代社会尤其城市里已是极为平常，潘军的高明在于他挖掘了这平常事件背后人物的内心活动。这桩离婚事件本身并没有出现什么类似"第三者插足"或"红杏出墙"的过硬理由，"平淡"要作为一种理由实在有些说不过去。可是，事实上许多婚姻破裂的起因正是这说不过去的理由，作者只是把离婚事件提前到各种严重事端到来之前。他认为，"平淡"婚姻有三种前途：忍耐、欺骗、离异。小说中的夫妻理性地选择了第三种方式。

微妙而复杂的情感关系发生在离婚之后，这也是小说的重心所在，所有的细节因此展开。当男人遭遇新的恋人，新恋情让他有进入新婚姻的念想，但对婚姻本身的怀疑情绪也在念想中徘徊。另一方面，男人的责任感让他对孑然一身的前妻由衷地关怀，因此依然与前妻有着千丝万缕的联系。这种局面造成人物内心充满矛盾，人物与人物之间也充满矛盾，冲突与摩擦像一些暗刺没有停止互伤。这种矛盾不是剑拔弩张,而是柔情与疑虑的交织。潘军将这种矛盾呈现得既真实又符合人性,它剥去虚伪的假面,触及人心的柔软之处。因为这样的矛盾,男人和他的新恋人,形成一种既不同于同居又不同于传统婚姻的情感生活,一份在两个人之间发生的不需要公证的婚姻合同由此诞生。潘军用一种正式的公文格式在小说里拟就一份合同书,措辞严肃到了一丝不苟的程度,以此方式解构了传统婚姻的合理性。他甚至设计了父辈的婚姻情节,再次观照并追询传统婚姻本身的意义。追求婚姻美满和历久不衰在作者这里是否定的答案,但情感的真诚与人的责任心却是作者肯定的价值观。所以,这个小说的基调有一种苍凉感,有一种隐隐作痛的忧伤,是无所依着不敢依着的飘浮感、断裂感。伟大的哲学家罗素曾说过绝妙的悖论:"如果夫妇双方都不想从婚姻中获得更多的幸福,那么婚姻大概可以说成是幸福的。"

这个小说在《花城》首发之后,很快就被《小说月报》头条转载了,并获《小说月报》第十届的"百花奖"(一个由读者投票选出的有公众影响力的文学奖项)优秀中篇小说奖,我因此也沾光获得《小说月报》的优秀责任编辑奖。后来潘军亲自操刀改编为同名话剧,由北京人艺首演,并到美国、意大利演出。再后来,潘军又亲自把它改编为电视剧《婚姻背后》，由何群导演，多家电视台热播。

由此可见，潘军是一个特别喜欢亲力亲为、参与感很强的人，他有务实、入世的一面。正因为这一特点，决定了潘军面对现实的敏感力。显然，《合同婚姻》引起关注，不是技术层面上的，而是在于它敏锐捕捉到当代中国人婚恋观念的更新。小说采用的语言风格非常生活化，对白就是些日常口语，让读者觉得这样的生活就在身边。小说的先锋性，在于它的观念，而不是技巧，这是对读者造成更大冲击力的点。观念本身没有对错的绝对值，它与中国大陆处于重大转型期的社会环境息息相关，由个体引发到社会的各种观念变革不可避免地发生。你生活其中，你就难以摆脱既定的趋势影响。

婚姻作为社会领域的问题，本质上确是男人与女人的契约关系，是一种法律制度，家庭就建立在这样的基础上。构成这种契约的缘由，比较堂而皇之的是相爱，比较隐晦的是交易，封建的方式是父母之命媒妁之言。结婚证事实上就是一张已接受公证的合同，男人与女人的情感关系、构成家庭的各种权益需要得到法律保障。尽管如此，合同违约现象屡见不鲜。那么，有什么方法可以保证婚姻美满而历久不衰吗？

潘军提出了问题，呈现了问题造成的现象，他把思考留给读者，留给时间，也留给自己。

直面现实的潘军，骨子里其实充满浪漫情怀和超越现实的梦想，这是他的 B 面。任性任情，放逸随心，自由不羁，可以说与他务实、精明、缜密的个性并行不悖。换句话说，潘军是身上长着翅膀的人，在大地上走着走着，突然就会飞起来。

比《合同婚姻》更早发表的中篇小说《重瞳——霸王自叙》暴露了他的 B 面。这篇小说首发在《花城》杂志 2000 年第一期，写的是两千多年前的历史人物项羽。这类题材在潘军的作品中极少，颠覆了潘军的写作风格，也颠覆了历史传说中的项羽形象。这是一种全新的美学视角，也是一种解构历史，甚至是戏谑的自由写作。作者看两千多年的项羽，看见的是其人格精神和道德上的自我完善，是至情至真的心性追求，是"心似白云常自在，意如流水任西东"的随心所欲，无拘无束，天真浪漫。这是潘军心中的项羽，也是他寄情投射的小说人物形象。他不在作为一代枭雄的霸王项羽这一形象上落笔，而是把项羽写成不要江山爱美人、吹箫舞剑意在自由的文人形象。因此，整个小说以本来很霸气的人物自叙的口吻，内心秘密却流露出一种飘逸的诗意和梦幻感。

《重瞳》在《花城》首发之后，当年名列中国小说学会的首届"中国小说排行榜"，并居"中国当代文学排行榜"榜首。后来收入各种不同类型集子或连载，并且被翻译成英语、俄语等。由潘军自己改编的话剧《霸王歌行》不仅由中国国家话剧院首演，还巡演了十几个国家，获得一些奖项。剧本也有韩语译本和台湾繁体字版。《重瞳》在潘军众多作品中脱颖而出，也在中国当代文学中引人注目。

潘军的 B 面在他年近六十之后，益发彰显。他回到故乡安庆，把一栋面朝长江的独立别墅打造成"泊心堂"，过上时隐时现的尘世生活。他在泊心堂写字绘画，喝茶听风雨、会友侃大山，自在闲适而散淡。真好！

2019 年 10 月 24 日，广州

一曲现代城市人的婚姻绝唱

——评潘军中篇小说《合同婚姻》

孙仁歌

随着先锋派小说的光环渐渐流逝散去,现代城市小说却越来越显示出了它诱人的魅力。一度在先锋时期带着先锋烙印游刃有余地侍弄小说的那拨人,自二十世纪九十年代中后期以来,都企图通过调整甚或"涅槃"来实现创作上的转折,即向写实主义回归或尝试着与现代城市的"陌生人"进行沟通和融合,然而在这方面取得成功并被读者普遍认可和接受的却是凤毛麟角。当不少先锋派小说家在"迷途知返"的途中显得手脚无力甚或遭遇重重迷雾以至失去方向感不得不"停车坐爱枫林晚"的时候,潘军似乎已经成了现代城市里的一名驾轻就熟的"骑手"。可以说,潘军作为先锋派小说家的代表人物之一,他在适应文学的内在需要的调整中是敏锐而机智的,他几乎不留痕迹地从先锋派那种比较极端的叙事方式自然而然地过渡到了现在直面城市的写实主义叙事方式，而且完成得非常漂亮，几乎看不到丝毫转折的"硬伤"或屈服于市场的"媚骨"。他只是把先锋时期的那种忧伤和对城市"陌生人"素有的"潜爱意识"带进了现在写城市的小说里。因此，我们在解读潘军近期的一些城市小说时，既能分享他与先锋情结的某种联系性，又能分享他在准确把握现代城市人内心世界的过程中所独创的一种充满温馨的从容叙事天才。我极为赞同文艺批评家李吉非在《现在的写城市的潘军》一文中对潘军所做的一番界说："这是一位很适合去解读城市的小说家。作为一种文学现象，某种意义上是隐性的城市风格与显性的城市叙事合而为一的产物。他之所以那么深入地走进了城市人的内心，其实也首先是他更深入地走进了他自己的内心。所有这一切，构成了现在的写城市的潘军的特殊性，没有第二个人可以重复他。的确没有……"我以为这番界说或评判具有广泛的征服性，因为这种界说或评判是纯粹而理性的，是潘军其人其文研究领域里认知到位把脉无误的最富有代表性的信息反馈或智慧体现。刚刚获得《小说月报》第十届"百花奖"的中篇小说《合同婚姻》是潘军写城市的中篇小说中的一篇经典之作。这篇小说把笔触或隐或显地植根于现代城市的前沿地带，借助一场近乎游戏式的"合同婚姻"，轻松而幽默地展示了现代城市人的情感走向，将一群既不能战胜婚姻也不能战胜情感的现代城市男女的尴尬与窘迫置于读者视野，从而把读者引进城市的隐性深处，零距离地窥视现代城市人陷于情感困境的"私人生活"：原来那是一群情感世界无所归依的城市伊甸园里的失乐园者。

小说所叙述的故事是属于隐喻层面的现代城市人的婚姻纠葛，小说中的主人公苏秦与李小冬离婚后却藕断丝连，可谓离婚而未绝情，然而他们之间的分道扬镳却已是难以更改的事实。后来苏秦乘改革开放的东风辞职走南闯北，凭着运气赚了一把之后就进入北京扎摊，一个偶然的机会在北京街头与过去的同事陈娟相遇并重温旧情以至双双坠入爱河。他们都来自家乡梨城，又都有一番离婚的经历，因此对婚姻都有一种共同的心理障碍。鉴于这种自觉或不自觉的对于法定婚姻的厌倦与逆反，他们虽然相爱却不情愿履行合法婚姻手续，经过双方协商，互为约法签订了一份为期一年的"合同婚姻"。一切都进行得那么合情合理无可挑剔，小日子过得似乎也有滋有味。但由于李小冬的介入，使这对男女的"合同婚姻"转眼间变得无比苍白甚至不堪一击。在他们的"合同婚姻"进行到两百多天的时候，苏秦突然得知李小冬在家乡梨城因溜旱冰跌伤住进了医院，一时间不顾陈娟的反对执意要回到犁城去护理李小冬。当他做完这一切重新回到北京那个"爱巢"时,发现茶几上散落着九十九片玫瑰花瓣,显然在他离开这个"爱巢"后,"爱人"陈娟也不再是这个"爱巢"的忠实守望者,于是,一个非常实质的问题摆在了他们的面前:他们互为约法的"合同婚姻"还有一百天就到期了,到时是续签还是终止呢?苏秦不禁陷入了深深的困惑,无奈之中默默地咀嚼着"又一片枯萎的花瓣"在他眼前无声陨落的苦涩。

这个饱含着现代城市人的忧伤和悲情的男人与女人之间的故事,带着现代城市人一定的价值观和反叛意识,与一个布满了钢筋水泥的世界发生了一系列有声和无声、有形和无形的碰撞,结果每个人都被碰撞得更真实、更自我、更无奈,也更加失落乃至颓废。面对这样一群不甘沉沦也无甚大志的城市人,我们禁不住要问:现代的城市人究竟怎么了?是他们自身失救了,还是城市失救了?他们与城市发生的一系列碰撞是偶然的失向还是命该如此?与其说他们是与城市发生了碰撞,倒不如说是与婚姻发生了碰撞,抑或是情感的碰撞乃至性格命运的碰撞。无疑,苏秦们和陈娟们都是富有叛逆精神的情感失落者,他们抛弃了婚姻,婚姻也抛弃了他们,于是他们便带着一种不屈的叛逆精神并经历了一场"枪林弹雨"

从一个城市又打进了另一个城市。正是这样一群带着鲜明的叛逆精神的城市人却成了城市人的一种"先驱",他们对于城市(尤其都市)的依赖几乎超越了对于婚姻和情感的依赖,都市不仅成了他们生命的载体,而且也成了他们展示生命和表达内心世界的一个"温暖的肩头",他们正是伏在这个"温暖的肩头"上抵御和承受着婚姻及其情感对他们的"迫害",从而使他们一个个都掉进了都市的"陷阱",并心甘情愿地在这样一种"陷阱"里挣扎着,煎熬着,也许唯有如此才能掩盖和遮蔽他们生命中的某种残缺和不足。但不可否认的是,他们的生命中都有一种美丽的特质,天生都是好样的,完全具备了做一个安分守己的城市人的内在和外在的条件,然而他们的这种美质恰恰都被失败的婚姻给颠覆得落花流水,合法婚姻的失败又衍生了一个富有游戏色彩的"合同婚姻",这种含有游戏色彩的"合同婚姻"无疑是对合法婚姻的一种亵渎与反叛。或许其目的性并没有如此严肃和庄重,只不过是为了还原生命的一点自由,以消解个体生命中日益影响生命质量的透骨的忧伤和无奈,抑或是一种自救策略。然而他们的自救最终是无效的,他们彼此之间似乎谁也拯救不了谁,因为他们每个人都不具备拯救人的道德准备,他们自身生命中充满的"疾病"和"悲剧性"的因素决定了他们的生活行为，他们唯有如此才是他们，否则就不是他们了。就此而言，"合同婚姻"对于他们（即苏秦们和陈娟们）是可行的，失败了也是必然的，说到底，一纸合法的婚姻都靠不住，那么一纸私下的"合同婚姻"不是更靠不住吗？

由这篇小说的诱发，我很自然地又想起了潘军的另一个短篇小说《纸翼》。这篇小说同属于写城市的小说，题材也同样涉及现代城市人的婚姻与爱情，所不同的是，已婚的主人公楚翘在丈夫刘东出差不在家的时间空当里，突然遭遇一个外来的自称是风光摄影师的陌生人的骚扰，本来这是一个很偶然的游戏行为（即陌生人在悠闲无聊中随便拨了一下电话竟拨通了楚翘的办公电话），从此便一发而不可收，电话交谈一时间竟成了他们之间互不肯割舍的交往形式。楚翘在对陌生人的一切都并不了解的情况下，却寄一种莫名的憧憬和希冀于陌生人，渴望着与陌生人相见，渴望着与陌生人远走他乡。其实他们彼此之间的印象仅仅是对方的一点声音和断续简单的对话，这就把楚翘的情感世界导向了一个完全陌生的世界。但他们始终未能相见，后来陌生人一去不归（因车祸死在山里），归来的只是那个对楚翘肉体感兴趣的丈夫刘东。误会是可以消除的，但楚翘对一去不归的陌生人的幻想与思念却伴随她到永远。可现实的日子还要过，她无法拒绝骨子里并不喜欢的刘东,而能弥补这一切的"陌生人"在转眼之间竟消逝得无影无踪,这就是楚翘的命运。这其中的寓意是耐人寻味的,那就是有的人在你的生活里,但不在你的生命里;有的人不在你的生活里,却恰恰进入了你的生命之中。这就是说,人都是有所缺失的,因此人都有一种隐秘的心理期待(也可以说是一种潜意识),无不希望有所缺失的生命能够得到某种补偿,特别是情感的补偿。然而真正实现这种补偿并不容易,因为人本身就生活在一个有缺陷的世界里,在这个有缺陷的世界里每个人都受到了种种框束和制约,几乎没有人能像孙悟空那样上天入地超凡脱俗。换一种说法,这是一个婚姻的世界,作为已婚的楚翘,已被牢牢地捆绑在了这个婚姻的世界里受法律保护的婚姻柱上,尽管刘东能满足她物质上和肉体上的需要,看上去她似乎活得很幸福,实际上并非如此。正如前面所说,刘东压根不是她生命中的刘东,而是她生命之外的刘东,然而他们却成了天经地义的一对夫妻。无论是出于对世俗的屈服,还是出于生活进程的需要依法了却了一桩终身大事,但可以肯定地说,这种婚姻是不幸福的,这就为楚翘的情感世界留下了一道缺口,这个缺口多么希望能得到一个圆满的填补啊!虽然如此,楚翘并没有离婚的准备,她似乎还要把与刘东的日子进行到底,"陌生人"虽带走了她的情感却没有带走她的肉体，这个肉体可能会在刘东的身边躺到生命终极。可见，楚翘是温柔的，因为温柔而缺乏抗争的力量，也只能乖乖地维持既定的生活现状。令人不忍的是，楚翘为什么不与刘东离婚？离婚了，即使不能和"陌生人"结合，哪怕随便找一个顺眼的签个"合同婚姻"好日子先过，也总比跟刘东熬一辈子值啊！这里不妨来一点戏说，假如早让苏秦去做楚翘的生活顾问，说不定楚翘早就当机立断与刘东离了婚，而且丢兵弃甲浪迹天涯，没准就成了下一个与苏秦签订"合同婚姻"的接班人。

从某种意义上说，《合同婚姻》与《纸翼》具有一种承接关系，只是前者的故事重心在离婚后，而后者的故事重心在婚姻中；前者因离婚而搞活了婚姻从而善待了情感，后者因固守既定的婚姻从而辜负了情感；前者因一纸"合同"包不住火，最终还是败走麦城；后者因受既定婚姻所困，终究成了婚姻的牺牲品。如此种种，我们便得出这样一个命题：婚姻有时是恶的，它使那些一度忠于婚姻的人终于在迫害中惊醒，不管再如何"寻寻觅觅"乃至"众里寻他千百度"，但最终只能各自承受各自的不幸，以致误了一生的幸福。

单就破译婚姻的密码而言，《合同婚姻》显然要比《纸翼》所担承的东西更多，也更厚重，对于现代城市人内心世界的钻探是细密而到位的,颇见一种洞幽发微的笔墨之功。更具体一点说,《合同婚姻》不仅让我们看到了一代城市人在婚姻面前无所适从,甚至无能为力,而且也让我们看到了一代城市人精神上的空虚以致不知"路在何方",他们活着、玩着、乐着、哭着,似乎早就被魔鬼一般不可战胜的婚姻和情感深深地掘在了城市的"地狱"之中。所以我们不能把《合同婚姻》简单地看成是《纸翼》故事的延续或是对后者的某种注释,两者只有现代城市人内心情感世界失失落落前仆后继的承接关系。他们同为现代城市婚姻的牺牲品,却又各有各的不幸。楚翘们是需要关怀的,而苏秦和他的女人们岂不是更需要关怀?楚翘毕竟还有爱她肉体的刘东们躺在身边,而苏秦和他的女人们几乎无一例外地都成了一片片落地的花瓣,谁又能让他们重现昨日的光环呢?

我们没有必要去追究苏秦与李小冬离婚的理由,值得我们注意的是他们在离婚过程中所表现出来的那种如同当初结婚一样的轻松与简洁,这说明他们之间都有优秀的一面,既然合在一起不合适,就利利索索地分开,谁也不依赖谁,好聚好散也是对文明婚姻的一种维护和捍卫。问题是,他们虽然在反掌之间就成了两家人,却形散神凝,明里暗里照样保持往来,谁对谁都还具有一种无形的制约之力,这是出于对第一次婚姻的留恋,还是出于彼此情种未尽而为日后留个后路?或许这只是一种道德上的牵挂,不存在是谁剥夺了他们爱的权利。他们的离婚是两相情愿的,一点也不勉强,因为在一起不合适就意味着他们之间并无真爱可言,何必非要活在婚姻的迫害里不可?况且他们都受过良好的教育,在感情纠葛中都能相互通融,知情达理,所以说离就离了,且离得顺顺当当,和风细雨。这种看似没有仪式的离婚之举,实际上是一种最高仪式的完成,既有精神的含量,也有文化的含量,纵然这种仪式是无言的,却也向世人说明:婚姻不应成为一个人的情感牢笼,能够冲进去又能冲出来的人,才是生活的骄子。苏秦确实是这样一个生活的骄子,也只有在离婚之后他才意识到屈服于世俗社会是没有出息的,同时也意识到自身的价值在别处而不在犁城,于是他先闯南方,后闯北京,然后在北京立足未稳就成了欲望世界里的一种诱惑,先后与数名风月场上的女子有染。这说明苏秦在历经潮起潮落之后,不甘心再一味地守望着自己的古典情种,在道德观和价值观上都发生了一定程度的蜕变,作为一个体魄健全、内有苦衷的离婚男子,他岂能无限期地亏待自己的情感乃至欲望?他懂得缺少女人的男人生命是会枯萎的,何况他天生就是一个爱江山也爱女人的人,但他并不满足于这种朝花夕拾——让自己的情感随意流失的现状，他需要一个能给他一种相对稳定的情感的女人。李小冬显然已经失去了做此种女人的资格，尽管苏秦并没有把她从自己的情感世界里彻底清除，动辄还有一种魂牵梦绕的缅怀之情，然而这多半是道德怀旧，而不全是对情感的寄托。

直到与陈娟邂逅相爱继而同食同居，苏秦才算拥有一份相对稳定的情感补充。陈娟虽不具有《纸翼》中那个"陌生人"的神秘诱惑力，但陈娟给苏秦带来的一具"看着顺眼、聊着开心、睡着舒服"的香身美体，却恰到好处地平息了苏秦生命里饥渴已久的欲望之火。这种补充与满足对于苏秦来说有如金鱼得水，颇得滋润。重新焕发的生命激情诱惑着他：陈娟对于他是很合适的人（因为苏秦对两性之间的衡量标准就是"合适"二字）。陈娟也同样有一种枯木逢春的幸运感，几经言谈肉接，欢愉无比，自以为苏秦是一个可靠的情感归宿。她似乎信奉亚里士多德那句"生存就是被爱"胜过信奉一切，犯了普天下良家女子都容易犯的一感动就盲从的大忌。殊不知苏秦的骨子里早就中了拜伦关于"一个男子不应厮守在一个女人身旁"的圈套，在他的身上已经找不到那种一锤定音终身专一的姻缘"基因"了，他的姻缘"基因"已经被撕成了一地拾不起来的碎屑，星转月移之间都悄悄随风而去，哪里还有多少对婚姻的笃信与执着。用他自己的话说就是："婚姻总是让人紧张，经营不好婚姻，也就不配拥有婚姻……"可见，由于离婚的阴影在他心头尚未散尽，加之他对婚姻的认识存在着诸多不确定性，所以他对婚姻的忧虑与怀疑总是刻骨铭心的。这个内在因素的鬼祟作梗决定了他与任何一个女人都不会轻易走进法定婚姻的"窠臼"。好在陈娟也很知趣，她毕竟也是从离婚的泥淖里走出来的人，在干柴烈火的强势过去之后，她也意识到要与苏秦真正走到正式结婚这一步，恐怕比离婚还要艰难，虽然他们基本具备了正式结婚的条件。这不仅有其内在因素的作用，也有其外在因素的作用，首先对苏秦再婚存虑心理直接产生影响的就是李小冬。从陈娟的角度说，她无疑会迁怨于李小冬。或许没有李小冬这个幽灵忽隐忽现，她与苏秦可能就成了一对正式夫妻，纵然是"合同婚姻"，也不至于一年期未到就黄了。其实李小冬离婚后对于苏秦的关注是单纯的，这是一个要强的女人在没有再婚之前的一种友情观望，而与陈娟无关。我们不能不看到，苏秦与李小冬、陈娟三者之间，承受婚姻迫害最为深重的当数苏秦。应当说两个女子都维系在苏秦的情感柱上，而且专一，不排除苏秦有鱼与熊掌兼得之欲，而这个分身无术的生活骄子在鱼与熊掌的左拉右扯中出现了人格分裂，同时置鱼与熊掌于自己的股掌之上,结果离婚的"鱼"终究不能回头吃,"合同"的"熊掌"也背叛了他,可谓是赔了"鱼"又折了"熊掌",相形之下,他就没有楚翘划得来了。

巴尔扎克在《夫妇生活入门》一文中曾这样告诫男人们:"男人必须研究过解剖学和解剖过女人才能结婚……男人一生之中不会出现两次完全相像的欢愉,如同一棵树上没有两片绝对相像的叶子一样。"苏秦与李小冬婚姻的失败,或许就是苏秦事先没有研究过解剖学和解剖过女人所致;而打这以后他似乎就成了一个"婚外恋专家",能熟练操作每一个到手的女人,包括陈娟这样已不单纯的女人。然而他从李小冬那里丢失了的情感,没有一个婚外的女人能够还原于他,这就让他的道德怀旧不断升华为一种情感挽留,谁都不能代替李小冬而全面占领他的情感世界。也许我们打开苏秦的密码箱,会发现那里面还存放着李小冬的一把晶莹透亮的钥匙,这把钥匙曾经开启过苏秦的情感之门,就永远地留在了那里。倘若苏秦的情感世界里没有这把余香尚存的钥匙,他与陈娟之间的情感也许就不会断送在"合同婚姻"上了。在这里,吃亏的并不是女人,而是苏秦。因为苏秦总是被动的,他不需要对两个女人负责,当然两个女人更没有对他负责的义务,因为两个女人都对他无所苛求。说千道万,他们是一群只适合皈依"合同婚姻"的城市精神贵族,"合同婚姻"即使是泥菩萨,他们也甘愿骑着它去驱逐婚姻与情感带给他们心灵及其现代城市的乌云,让现代城市人都知道婚姻不是个好鸟,情感也不是个好东西,一切优秀的男女都会在婚姻与情感的迫害之下失去优秀的光彩。请留意苏秦和他的女人们和泪而出的心曲,透过眼泪可以烛照其整个心底,那种被婚姻世界累倦了而失去鲜活气的心迹让我们惊醒:婚姻与情感真的那么害人吗?小说有一段文字是对苏秦心底世界的聚焦与曝光:"苏秦今夜变得善饮,一瓶法国红酒,没多会儿就光了……他平时不爱酒,也几乎不喝。可是一旦喝起来,就完全放开了……他喝高了,就特别伤感,会想起自己一生中那些容易悲伤的事情,然后眼泪就情不自禁地往下流……"常话说"男人有泪不轻弹",而苏秦在他与陈娟签订了"合同婚姻"的当晚却把酒挥泪,这岂不是对婚姻逼进家门行控诉之礼?细细看去,那些沾满了婚姻尘埃的泪水竟涓涓涂在了现代城市的雕塑上,含蓄而模糊,它们像是一群城市男人和一群城市女人把自己难以美满的婚姻故事都张贴了出去让人看,但让人看得最清楚的是"合同婚姻"四个字。

纵观古今中外文学史,写婚姻与爱情的小说家比比皆是,像巴尔扎克、劳伦斯、鲁迅、沈从文等,都是写婚姻写爱情的大师。然而像潘军这样把自己的内心与现代城市人的内心融合在一纸"合同"上尽观其婚姻原形的叙事方式，不能不让我们为之叹服。潘军在叙事上的独特是一贯的，从过去的先锋叙事到现在的城市叙事，都没有去占重复大师或模仿大师的便宜，恰恰相反，他凭着智慧和才能将小说叙事引入一条无人先行的蹊径，并深深地渍染着个体生命的"血脉"，从而探索出了一种从城市到城市，从内心到内心的"潘式叙事"，颇具一种填补了小说叙事上某种空白的魅力。这一点绝不是一个人的发现，而是广大读者和文艺批评家的普遍认可，尤以论家诸君的见地切中肯綮，像李吉非、陈晓明、牛志强、唐先田等，对潘军的小说现象都做过专题论述。

与潘军以往写城市的小说相比，《合同婚姻》更加重视文本价值和思想含量，小说对于城市内在的深入是直通现代城市人的心底的，其叙事角度就是城市的角度，而不是站在城市的边上去窥视现代城市人内心的"这一个"，而是以心照心的城市人对城市人叙事，《合同婚姻》算是不折不扣地成了城市叙事的"主宰"。潘军曾把叙事分为三大家，即"通俗叙事家""叙事艺术家"和"叙事思想家"。笔者以为潘军的叙事是属于艺术家的叙事和思想家的叙事的兼并，唯独与通俗和时尚水火不容。这也是潘军一向奉为神圣的艺术追求的目标。

他说过:"文学的境界应该是哲学与诗性交融的境界。"这哲学就是思想,这诗性就是艺术,而小说创作正是思想与艺术的珠联璧合。

《合同婚姻》既呈现出很有质地的故事形态,也荡漾着无限耐人咀嚼的思想意蕴,同时,也充满了一种温雅而感伤的诗意。无论是笔及情节,还是笔及人物,作家都不温不火、不缓不急,总是完全小说化地生产着小说这东西,丝毫不见时尚的那种一定要带着读者去哭或带着读者去笑的作秀劣迹,它让我们一头扎进小说里而不自知。当我们和朋友苏秦一道数完那九十九朵落地的玫瑰花瓣,极不情愿地走出故事的底线时,才知道那是潘军奉送给我们的一个机智而精妙的小说文本。《合同婚姻》不是作家用单纯的故事打造出来的,而是用城市人的感觉把一种生活和一种思想托故事带给了读者,故事只是被利用了,没被利用的是沉淀在小说文本里的那些感动人心的玫瑰花瓣,它们虽然落地了也十分迷人,因为它们是叙事艺术家和叙事思想家共同栽培出来的属于小说"这种植物的花",它们落地了,叙事艺术却活了,叙事思想也亮了。正如小说中所写的一纸"合同","合同"最终虽然成了一张废纸,但可能会有不少人为这一纸"合同"叫好,或许这份充满缺陷的"合同"已经不翼而飞,日后就会成为现代城市人的另一种时尚。

《合同婚姻》没有辜负读者,读它,读得满腹温馨,那味道如嚼神树圣果,美极了。这不仅在于小说的叙事策略高人一筹,也在于小说的叙述语言又那么深入人心,的确充满了"调侃与幽默,嘲弄与自嘲,不动声色与有点粗野"(牛志强语),读了即便一无所获,却又让你回味无穷。所以有人称潘军的每一篇小说都是一个陷阱,也不是无稽之谈。读小说本来就不应该指望要得到一箩筐的东西,要的就是一种既抓不着又见不着的回味,这就够了。但读《合同婚姻》,让我们回味的东西又多了一件,这就是那份并未了结的"合同",回味不尽的是"合同"的时间悬念。设若一百天之后,苏秦与陈娟又出人意料地把"合同"续签了一年或更长的时间,那岂不是就解除了时间的进逼?但我们不希望他们把"合同"变成了"合法",更不希望苏秦跟李小冬又上了床。好一个"合同婚姻",其味道够足,寓意也够有趣,它有如现代城市人的一份"婚姻宣言书",蛊惑人心,险些就把神圣的《婚姻法》给颠覆了,这实在称得上是小说创作中的一曲绝唱,城市搭台,婚姻长歌,"合同"出彩。

彻底颠覆后的诗意重构

——评《重瞳》

唐先田

潘军说,五年之前他便动了写项羽的欲望,然而那时他没有找到感觉,开了三次头都放弃了。直到去年的夏天,项羽忽然清晰地走到了他的眼前,于是一气呵成,完成了这部中篇小说《重瞳》的写作。写完之后,他说他享受了一种淋漓尽致的痛快。

毫无疑问,《重瞳》是新颖奇特的,《重瞳》也是富有诗意而深邃辽阔的。

《重瞳》写的是历史人物项羽,自然是一部历史小说,它的奇妙之处在于它对历史的彻底颠覆,将沿袭了两千多年的关于项羽的正史、野史颠覆得无影无踪,而用一种新的美学视角塑造了一个全新的项羽形象。颠覆与重构,完美而精妙。

西楚霸王项羽,虽是两千多年以前的历史人物,但由于太史公那篇著名的《项羽本纪》和由此而派生的许多其他样式的文本,使得他在戏曲舞台上,在民间以及在学术界,有极高的知名度,他给人们留下的定格印象是粗莽、勇武、"力可扛鼎",却又简单而缺少谋略,尤其是舞台上那个架子花脸项羽,更为人们所熟悉。然而在潘军《重瞳》的一开篇,项羽便早就觉得自己是个诗人,在他看来连项羽"这名字怎么看都像个诗人"。项羽是诗人,这是两千多年来人们想都没有想过的,潘军一下子便将项羽连同他的读者带入了一个新的境界。接着从容不迫地描述项羽的智勇过人、个性鲜明而有主见、儒雅而不乏天真,尤其强调他和人们传统意念里的项羽的截然不同之处,在于他将人格和人的道德价值看得高于一切,他不属于权位的争夺,而讲究道德和人格的自我完善,讲究感情的真挚与浪漫,向往闲适的田园风光,心里还时常想着苦难中的黎民百姓。那么这篇小说是不是天马行空无所依托地信笔写来呢?完全不是的。潘军深知,项羽是个家喻户晓的历史人物,不能无所凭据地生造史实来写项羽,而只能是有史可依地重写项羽。潘军的才华和他的高超的驾驭能力,正在于他以史学家的眼光和文艺家的笔法,对史料加以重新审视和剖析,对项羽这个人们所熟知的历史人物用新的审美观念加以全新的包装,使读者读过这篇小说之后,既认定他是历史上太史公笔下的那个项羽，又是潘军笔下的全新的项羽，既可信，又深具新的美学意蕴。和太史公比较起来，潘军笔下的这个项羽，更具有天真的可爱和人格的魅力，他鄙弃权位的那种气度，还真的值得即使是聪敏的现代人都不得不崇敬哩，所谓"竖子不足与谋"，只不过是范增老先生站在权位高于一切的角度的一种偏见。

写项羽当然不可不写鸿门宴，鸿门宴的要害之处当然在于杀不杀沛公刘邦。鸿门宴在太史公笔下十分精彩，在潘军的笔下也十分精彩，然而闪光点却全然不同。太史公的结论是，项羽充其量不过是一个勇武粗鲁的"竖子"，他本意是想杀刘邦的，而事到临头，又下不了决断，让刘邦在刀光剑影中轻松地跑掉了，后来的史实也证明他铸成了历史的大错，所以"不足与谋"。在这部《重瞳》里，鸿门宴同样被写得惊心动魄，与以往版本鸿门宴所不同的是，潘军笔下的项羽是决计要杀掉刘邦的，他之所以要杀刘邦，并非争权夺利的需要，而是因为他彻底地瞧不起刘邦，从人格上鄙视这个市井无赖。潘军写道："酒喝得差不多了，剑舞的表演也接近了尾声。我（指项羽）朝左侧的沛公看了一眼，他的额头上已渗出了一层虚汗，脸色苍白，目光暗淡。这个人还没有与我交手就已经垮掉了三分。我的手不禁伸向案几的下面，稳稳地把握住了剑柄，正欲抽出。"看来刘邦的人头就要落地了，然而毕竟没有杀成，刘邦没有死，又逃了回去，直至后来逼得项羽自刎，使史学家、文学家和政治谋士们扼腕不已，叹息不已，也咒骂不已。那么《重瞳》里的项羽为什么没有诛杀刘邦呢？潘军用一种全新的价值观和审美观，对项羽进行了合情合理的心理剖析。项羽之所以将正欲抽出的青锋宝剑插回了剑鞘，只是由于那一刹那"一件意想不到的事发生了"，这件意想不到的事便是亚父范增向项羽做了动手的暗示，即太史公在《史记》里所写的"举所佩玉玦以示之者三"，于是他一下子闪电般地取消了他的杀人计划，他的意念里迅速显现的是"我这个二十七岁的上将军怎么能听命于一个年过七旬的老叟的唆使，来干一个小人的勾当"，他以为如果是这样，"鸿门宴岂不成了阴谋的代名词？"这对于血气方刚的项羽，被认为是不能容忍的侮辱，因为他讲究光明正大，讲究什么事都得有个游戏规则，他把阴谋看成极端下流，何况按别人的指挥棒跳舞，也有悖于祖上的传统和项家的家风，在历史的紧要关头，项羽把人格看得比什么都重要。项羽在鸿门宴上没有杀刘邦，潘军归结为"我（指项羽）精心安排的计划就这么让一个老人给搅了"，这个老人便是范增，项羽虽尊他为"亚父"，把他看作最亲近的长者，但在至关重大的关头又坚持自拿主张，这是鲜明的人格价值。《重瞳》里的鸿门宴，写的完全是历史，却又完全是被颠覆的历史。潘军非常巧妙地将结构的关键安排在项羽的意念里，并且配合以两个简短有力几乎不被人所注意的动作，这个意念即下决心诛杀刘邦，两个动作即"稳稳地握住剑柄"和"正欲抽出"，然而这个意念很快被另一个意念所击碎，另一个意念即项家至高无上的家风，项羽不容侵犯的个人尊严和人生价值。在项羽看来，诛杀刘邦只不过是一个个案意念，只不过就是一个具体事件，而维护项家家风和他个人的价值与尊严，则是一个永恒的意念，任何与之相悖的其他意念，不管它如何正确和重要，都得无可置疑地退居其次，这便是项羽的逻辑，也是一个全新的逻辑。潘军的鸿门宴之所以天衣无缝，无懈可击，也正在于他将结构的关键置于人物的意念里，太史公可以从勇而无谋、临事无断的角度来写项羽的意念，潘军当然完全可以从维护人的价值和尊严的角度来写项羽的意念，写得合情合理，也使意境全新了，颠覆了历史，还得让历史来认账，让读者在认账的同时还惊叹不已，这便是新的审美角视的奇妙之处。

值得注意的是，《重瞳》里的项羽并非在鸿门宴上有一番突如其来的所谓维护人格的表现，此前他一直在为维护他自己的人格与项家的门风而苦苦以求。为此，他不大看得上他的叔父项梁，以为他权欲极旺又缺乏男子汉顶天立地的英雄气概，遇事患得患失畏缩不前而又好施小的伎俩，而对他的祖父项燕浴血疆场则引为光荣，崇尚那种坦荡而悲壮的生命的终结。他的这种观念延伸为后来的鄙视子婴的投降，他的看法是："因为你好歹是一国之君，尽管你在位不过四十六天。君王是一个国家的象征，你来投降其实就意味着全体秦国人都成了亡国奴。阁下觉得这妥当吗？"然而他在荥阳城下，又欣然接受刘邦的假投降，他的理论是"刘邦是我的敌手，交战的结果非亡而降，很正常的"，刘邦投降是他个人的事，是他个人的耻辱，说明你刘邦尽管很强大，仍然不是我项羽的对手，而子婴代表的是一个国家，他不能让一个国家蒙羞，只有以死谢天下。他的这些讲究价值人格的理论让足智多谋的亚父范增也如坠云里雾中，不知所以。史实也证明，主张明白的游戏规则、主张行为磊落的充满书生气和诗人幻想的项羽，在荥阳城下又一次吃了主张兵不厌诈、惯于耍阴谋诡计的刘邦的亏。项羽还不断地检讨他在一夜之间坑埋二十万秦卒的做法，既然接受了人家的投降，收编了人家，然后又暗暗地将人家活埋，那就错了，错在很不光明磊落。他将光明磊落看成为人之本，所以鸿门宴一开始，他便对亚父安排的那种"项庄舞剑，意在沛公"深表不满，以为那是一种不够大丈夫、不够光彩的阴谋，项羽是容不得阴谋的，所以主动让项伯与项庄同舞，目的在于制止项庄在亚父的指使下得手。项羽还天真地向往，选一空旷所在与刘邦持剑格斗，胜者为王，他不但有洒脱的骑士风度，更有决胜的把握。他设想，如果刘邦不敢格斗也可以，那便自己认输自动退出历史舞台，免得战祸连绵、百姓涂炭，他项羽也可以陪同刘邦一起退出，而并不是迫使刘邦退出使他自己去捡便宜搞政治投机称王称帝，他以为天下由"一个人掌管就是独裁"，他害怕"嬴政会借我的身子还魂"，他担心独裁又使他干出什么残暴的蠢事来，坑埋二十万秦卒的阴影如同一块巨石压在他的心头，驱之不去，他不能再去承受心灵的重负了。他的直觉是极权等同于残暴，要保持人格的完美便不能有极权，这也是亚父所不能理解的，所以离他而去。基于这个最根本的认定，所以他对执掌江山没有什么兴趣，他之所以和刘邦争战不休，目的在于他要打败刘邦，让世人认同他比刘邦要强，他的人格价值大于优于刘邦的人格价值，仅此而已。他的真正兴趣，在于去乌江边上吹箫，他以为箫是吹给自己听的，"不能让别人欣赏"，这便是庄子的箫之声、人之籁的说法，他希望一辈子就吹吹箫，骑着乌骓马和虞姬一起诗剑逍遥，浪迹天涯，他还可以透过他的重瞳去展望北方高原那一望无际的绿色，他非常喜欢那颜色，他认为"它代表着生命的久远"，他还期待着与他的虞姬一起"去乌江边泛舟狩猎"。然而，命运之于富有诗人气质的项羽，唯有磨难，不容他剑胆琴心，不容他诗剑逍遥，非得逼迫他去与刘邦搏杀，本来是一个不成为其对手的对手，竟一次又一次死里逃生，每每得手，使历史竟成了那个可悲的样子，而对那个悲壮的结局，项羽似乎有些明白了，于是他大呼"天丧予，非战之罪也"，他只得相信宿命，然而他最终还是书生幻想、诗人气质，原来这所谓的人类文明史，整个儿的便是游戏规则，光明磊落败落于政治伎俩和阴谋诡计之下，于是在项羽的重瞳里，出现了拿破仑和巴顿，一个打仗为了当官，一个当官为了打仗，何等泾渭分明，还出现了下流的希特勒，更叹息好好的一个波兰"一夜之间就被它的两个毫无教养的邻居瓜分了"。《重瞳》非常自然地采用一种魔幻的手法，自然而然地使作品有了一种历史的张力，使两千多年以前的在人们意念里并不怎么理智的项羽，告诉了人们许多浅显而艰深的道理。

与鸿门宴一样，写项羽不可不写"别姬"。在潘军笔下，项羽与虞姬的相遇相知相爱，被写得很动人很浪漫很有意境。虞姬迎着箫声"像一片白云，自九霄而落"，她说她等那楚歌的旋律等那轻盈的箫声等了一年又一年，她是应那天之籁、地之籁、人之籁而来的,她和项羽是息息相通的。他问她"叫什么名字",她说"你不是已经知道了吗?你刚才不是喊了声'虞'吗?我就叫虞"。潘军的想象真是太丰富太优美太有诗的意蕴了,一声吆喝乌骓马的大吼——"吁",借助这个"吁"的谐音,与眼前这个年轻美貌的"虞"联系起来,又如此浑然一体,堪称《重瞳》的神来之笔,也正是这些看似不经意而确然又是作家匠心独运的笔墨,使这部小说充满着说不尽的诗意和韵味。项羽和虞姬的心心相印,并非一般意义上的英雄、美人的情怀,而是他们对人生价值的理解的相通,项羽很赞赏虞姬所说的"不要用刀说话"那句话,并时时记住。不用刀说话,用什么说话呢?那便是用人格的高尚和人格的魅力去说话,虞姬关于权力、残暴与独裁之间相互关系的论述,虽然触到了项羽的痛处,还是使他欣然佩服、默然许可。这一切铸就了他们的相亲相爱、生死与共并矢志不移,项羽所期待的是与虞姬永远在一起,即使遁迹山林也好,那是何等闲适呀!然而楚歌阵阵,悲壮而悠扬,仿佛自天而降,"汉兵已略地",将项羽逼到了乌江边上。京剧里虞姬唱的"大王意气尽,贱妾何聊生"那一句,她的赴死好像是不得已而为之,与潘军笔下的虞姬不是一回事。宋人姜夔(姜白石)那首《虞美人草》写道:"夜阑浩歌起,玉帐生悲风。江东可千里,弃妾蓬蒿中。化石那解语,作草犹可舞。陌上望骓来,翻愁不相顾。"这个虞姬虽有刚强的个性,却对项羽充满着埋怨,质问他为什么保护不了一个柔弱的女子,并表示不再理睬项羽。这个虞姬与潘军笔下的虞姬也不是一回事,潘军笔下的虞姬是深深理解项羽的,对项羽,她既不埋怨也不惋惜,她心静如水,早就做好了准备,与项羽一样视死如归,她追求的是人格与爱情的双重完整。凭着项羽的勇力,他是可以背离虞姬突出重围的,但虞姬在这生死关头决意不连累他,她安详而泰然,拔剑自刎,没有一丝的哀叹,没有一滴泪水。自刎的场面在许多戏剧里面都是重头戏,被反复渲染,然而潘军只是以项羽的口气写了短短的两句话:"她抽出我的佩剑,刎颈而去了。她的暖血喷射到我的脸上,与我的泪融成了一体。"然而这简短的描写,比铺张渲染更显得含蓄而有巨大的震撼力,比起那悲痛欲绝的生离死别儿女情长来,这种追求生命价值的完整壮烈,更为灿烂更富于光彩。含蓄的价值,如同一座巨大的冰山,露出大海水面的只是一点点尖顶,更巨大的部分则深沉于海底,具有说不尽的探究和体验的意蕴。《重瞳》里的虞姬之死,是具有这种艺术效果的。

历史留给后人的楚汉之争,是那样惊心动魄,迷雾重重,面对巨鹿之役、鸿门之宴、城下之围和霸王别姬这样一些基本史实，文艺家书不尽书，咏叹不绝，但潘军却高标一帜，给历史人物以可信的新的生命，他的颇具浪漫的笔法，他的解构、颠覆历史又重构历史的穿透力量和整合力量，无疑将一般意义上的历史小说推上了一个新的层面，改写了历史小说的固有范式，这个新的层面便是摆脱了一般的摹写历史事件和历史人物的"志"的意义，而更多的是从艺术的角度使历史更加鲜活更加富有人文情怀，正因为潘军的解构与重构，都是建立在严肃文学的专业和学术立场之上，跟那些不负责任的"戏说"历来毫无粘连，他在他的作品里执着而自然地追求人格的价值，无疑能给显得有些浮躁和迷惘的现代化，提供一些有益的警示。

潘军是评论界所看好的先锋派代表作家，他早些年所创作的中篇小说《流动的沙滩》，被视为国内先锋派的代表作品，非常典型的博尔赫斯形态又超越了博尔赫斯形态，并被北京大学选编入全国高校文科辅助教材。然而在这篇《重瞳》里，我们从那种完美机智的语言感觉与叙事效果中，仍能看到先锋派作家的深厚功力，但潘军又摆脱、超越了先锋派作品那种难以解读过于迷幻使一般读者无所适从的境地，虽深邃然而却好看，虽辽阔却不难捉摸，作品的浪漫和迷幻，体现了后现代派的强烈超越意识，给人以无限的美感和明朗，这不仅是语言的美感和明朗,更重要的是画面和意境的美感与明朗。在结构上,潘军也十分讲究精妙和完整,并非随意地信笔写来,《重瞳》一开篇,出现了一个孩童,讲了几句高深莫测的话便消失了,被视为奇人,《重瞳》的结尾,又出现一个小女孩,并通过她和爷爷的对话,称流着项羽和虞姬鲜血的地方开出的那一片红花为"虞美人",这不仅在作品结构上起到前后呼应的作用,而且"虞美人"这优美浪漫富于诗意的称谓,也具有一种象征意义,那便是象征人格的完美和爱情的纯洁。

"羽生重瞳",这是史有记载的,但这重瞳是否能看到辽远的北方的绿色,是否能观察到远在大泽乡的陈胜吴广的起义,是否能看到沉于江底的画戟,是否能看到过去和未来,则是作家潘军的浪漫想象,他想得那样奇妙美好,使我们领略了先锋作家融汇其他创作手法所形成的艺术魅力,让人惊叹不已。所谓"重瞳"者,别具慧眼也,潘军正是以"重瞳"的识见,来构建他的《重瞳》这部小说的,在他塑造的项羽这个全新艺术形象的生命底蕴里,也包容着潘军的全部人生价值观念。也许他和项羽有某些相同之处,充满着诗人的浪漫和书生的意气,充满着理想主义的色彩,这浪漫和意气,或许和现实的严酷相去甚远,或许严重对抗,但这浪漫和意气毕竟是无限美好的，如果现实和这理想中的浪漫与意气逐渐接近、逐渐交融，这个世界也便无限美好了。这个理想的境界，或许是人类文明的终极目标，它虽然离我们还相当遥远，但人类文明还是要为之奋斗不息的。

建构心灵的形式

——潘军访谈录

林舟　潘军

在很长时间里,潘军对我来说是一个传说,这个太普通的名字与许多写得非常智慧、非常好看的故事紧密联系在一起,让我深感兴趣。于是,经由这些故事我很想知道他这个人,可1994年我开始做系列作家访谈的时候,无法与他取得联系。后来我知道,那时他还在商海里忙着呢。当他结束了这段他自己称之为"自我放逐"和"沉重的自由"的生活(1992—1996)以后,我才与他取得了联系,那已经是1998年了。这时我对他的兴趣不仅没有减少,反而因为他"复出"后的作品而加强。在我看来,对近十多年来的中国当代文学而言,潘军是一个"异数",他的行事和作文一贯不事张扬,保持低调,却不落窠臼,特立独行,不为文坛内外的气候所左右,总是显示着艺术创造的活力和激情。尤其是他"复出"后的作品,表现出他一贯的对小说艺术形式坚持不懈的探求，同时令人瞩目的是对更为宽广的生活的表现和对自我心灵深处的着力开掘。如此，他近年的作品在好看与耐读上获得了许多同时代的作家难以做到的颇为完美的统一。与潘军面谈的机会在新千年降临前夕到来。1999年12月22日，我来到合肥，随后两天不到的时间里，我们在九狮苑宾馆里的谈话灌满了五盒录音带。显然这里的谈话仅仅是其中一个部分——与潘军创作历程中最主要的作品紧密相关的部分。

林：你迄今为止的创作历程，可以分为明显的几个阶段吗？

潘：如果从发表小说处女作时算起，在1987年的《白色沙龙》之前，应该是一个习作阶段。不过我一直愿意把1987年视为我写作生涯的开端。从1987年到1992年我去南方之前，以《风》为结束，是一个阶段；到了海南后，有一个较长时间的停顿，约到1996年才陆陆续续地重新开始，一直到今天可以看作一个阶段吧。

林：在你早期的小说中，你自己最喜欢的是哪一部？

潘：有两部中篇，《蓝堡》和《流动的沙滩》，至今我认为这是早期作品中比较好的，发表在1991年的《作家》和

《钟山》上。

林：在此之前，你已经有过长篇小说《日晕》，它在你的创作生涯中有怎样的地位呢？

潘：《日晕》的写作年代是1987年，这是我的第一个长篇嘛，虽然说它是第一个长篇，我在叙事上还是有了一种自觉。吴义勤就曾谈到，我比较早地把一种中短篇里面的文本实验引进了长篇。我那时候好像就是有意识地把这个长篇小说写成一种心理结构的小说，或者说心理现实主义的文本，心理结构的形式，整个小说的篇章结构都是每一个心理的衔接，把很大的空间留给了心理活动，而把那种描述、描写尽可能地减少。等到三年后写《风》，这一步迈得就大了。

林：在你的小说中，譬如《蓝堡》《南方的情绪》《桃花流水》《结束的地方》等，都是一个人去寻找什么，《风》也是这样的去寻找一个秘案，你好像对"寻找"这种动作比较痴迷，你是否特别看重这个动作的叙事张力？

潘：是的，我的许多小说的叙述人扮演的是一个探寻者，甚至是一个侦探者的形象。我想之所以如此，可能是综合因素的作用。比如说，依据结构的需要或叙事的需要，这个动作可能会给自己带来一些方便。但是，你仔细看一下，以上你提到的那几篇作品有很多不尽相同的东西，比如说《蓝堡》，你会感到故事以外还有一个巨大的故事存在着。朱苏进曾经写过一篇小说，好像是《绝望中诞生》吧，中间有个细节很有趣，就是那个作战参谋到职以后，考核他的人把一张军用地图的中央部分挖掉一块，然后叫参谋凭他的记忆再把道路山川河流连接起来。我觉得这很像我的小说，我往往可能就是……或者说有意识地去改变那种线性状态，试图改变它的那种因果逻辑关系。但是，我希望读者把这种视点或思考的范围，扩展到一种故事以外的东西里去，为了达到目的，我又频频暗示，那么这种东西就像插着很多路标，让人走走，走到一种文本的迷宫里去也不尽然。

林：实际上我在看《蓝堡》的时候，这个小说使我想到：就是当你意识到你不想把那些东西告诉给别人，不想全部托出来的时候，这种控制，我感觉到除了通过视角的那种变化以外，还有其他的东西，你自己是怎么看的？

潘：我个人很大程度上把它看成一种结构上的变化，就像说《蓝堡》中间，当我在写到某一件事的时候，比如说写到那个哥哥余百川，"百川归海"，在海上死了。这个事可能在别人看来是一种漫不经心，好像那个相依为命的哥死去了，而我又完全按照大家以为的那种方式让那人死去，因此小说到此也就不再提他了。这实际上是一种结构上的考虑，在不提他的同时，我又无处不在地涉及一个神秘的男人在小说中影子一般地出入。那么既然哥哥死掉了，这个人又是谁？这本身就是一个迷宫。这个人其实我知道，还是她哥哥，她哥哥并没有死，只是在故意制造的海难中间伤了自己的眼睛，成了瞎子而已——你后来不是看到一个须髯飞霜的瞎子了吗？而且他还系着一条很宽的皮带，旧军队里使用的那种。我们可以想象他的脸都烧得面目全非了，没有人能识别他，但他却熟悉这里的每一寸土地……当然这只是我作为制作人的一种解释，是故事之外的一种可能的故事。我相信别人还可能有其他的解释。

林：《风》在你的创作中，应该是那些试验性极强的文体的一次会演，除此之外，它的意味即便是在今天也是颇为值得注意的。

潘：陈晓明在一篇谈《风》的文章里说，我是在企图怀疑一部巨大的历史神话，这部神话就是新民主主义革命，我觉得这是很有见地的，历史变得一切都不可信。我为什么叫"风"呢，某种意义，我们每个人就是生活在风中，每个人都拥有一部风中的历史，都能感受到，却谁也不能去把握它。连档案都是值得怀疑的，因为档案可以伪造。《结束的地方》延续了这种意蕴，只要是从中国人开始杀中国人的那天起，这部历史就是荒诞不经的历史。你看，为一个"莫须有"的人送了那么多人的命，这些人死死杀杀忙活了半个世纪，最后都是被一个骗局所迷惑了，今天的一纸消息就把昨天的那个神话粉碎掉了，故事也彻底颠覆了。

林：《风》中的这种意味仍然更多的是通过结构的处理来传达的吧？

潘：我的解释简单地说就是，过去的东西对我就是此时此刻的现在，它是一个断简残篇的东西，我需要在这个断简残篇中间去寻找一种接合联系的可能性。我同时告诉读者，我只选择一种可能性，你们还可以选择其他的可能性。这种东西我把它称之为"主观缝缀"。我用一种主观的、自作多情的方式把它联系起来。"作家手记"的部分呢，它应该是弦外之音。于是断简残篇、主观缝缀、弦外之音，这三块整个就构成了这个《风》的叙述构架。正是由于这么一种东西存在，也就意味着故事本身不可避免地带有一种虚无的、怀疑的倾向，带有那种神秘的、不可知的色彩。这些充斥在我的小说里面，无论是一种宏观的故事、大的主题走向，还是一种局部的细节，它都是与这种气氛连在一起的。

林：我觉得与对历史的怀疑和解构相联系，《风》也是对人的主体自我的怀疑。一开始的那种寻找很认真，找人谈，答问，笔记。当对象随着寻找变得更为扑朔迷离时，寻找本身成了一种目的,而当寻找本身成为目的的时候,它最初确立的价值指向就动摇了,不攻自破了,显示出人这种动作的盲目性。但是作家的手记本身却以一种局外人的眼光介入,造成一种距离,造成一丝缝隙,能够让我们看到一种相对真实的关系、真实的位置,从而透露着理性的微光。除了《风》,《流动的沙滩》这个中篇在你的整个创作中是否带有一种自我总结的意味?关于这篇小说,人们的谈论好像特别多一些。

潘:《流动的沙滩》在那个时期我自觉应该比《省略》《南方的情绪》更成熟一点,至少是自然一些。当初写这个稿子的时候,首先比较痴迷的就是想做一次很从容的叙述,取名《流动的沙滩》,源自西蒙的那段话,实际上除了形式上的考虑外,我想在这个小说中强调一种对人和历史发展的感觉。有人说,以《流动的沙滩》为标志,我对自己从1987年开始的那种先锋探索有了一个终结或者告别的姿态。

林:这个小说里,博尔赫斯的影响比较突出。

潘:这显而易见。写《流动的沙滩》的时候,至少我非常向往自己能写出一部具有那种博尔赫斯式的语言意味的小说,就是既完全改变传统小说的那种结构模式,又即兴地随手拈来的东西很多。但是把它放在这么一个统一的语言系统里面,又有它内部的一种和谐,当时这一点下笔的时候就非常明确。

林：对博尔赫斯和其他一些拉美作家的东西的热衷，当时似乎形成了一种普遍的倾向，对一种小说形式着迷，个体的关系是非常强的，但是到了许多人都不约而同地如此这般的时候，他们背后有什么共同的因素在起作用？

潘：就我个人而言，我就是因为喜欢博尔赫斯这样的小说，才公开地效仿他，别人承认不承认我不知道。那个时候，我根本就没有在意博尔赫斯的小说里到底说了些什么，这与我看卡夫卡一样，我更多的是看他怎样说。就这一点来说，这两个作家实际上都给了我不同程度上的影响。那个时候就是非常痴迷，我记得第一次接触到博尔赫斯的作品就是那个小三十二开的王央乐译的单行本，这也是我迄今为止见到的博尔赫斯最好的译本，它的名字就叫《博尔赫斯短篇小说集》，上海译文1983年版。1993年春天，马原拍《中国文学梦》去了海口，我们还谈到了这个版本，他说也拍了王先生。我想他也是因为喜欢这个译本才去拍的。这本集子我看了很多遍。所以《流动的沙滩》发表以后有很多人对我说，你学得很像，这种语言的感觉很像。如果说我自己有什么欣慰，那就是这一点证明我自己还有能力去写类似的小说。至于小说本身它承载了什么，我想，在这个小说中，一个人在面对自己的前世或是未来在进行一种交流对话，既有一种亲切感，又有一种恐惧感，这种东西它肯定隐藏了我个人对人生的一种理解、一种认知方式，这是毫无疑问的。

至于你所说的"不约而同"，我想与那个时期大量地、集中地引进西方文学的思潮有关系。如果我们早三十年介绍博尔赫斯，早二十年介绍马尔克斯，早四十年或五十年介绍卡夫卡，情况可能大不一样。如果那个时期我不接触到这些作家的作品，就不可能导致我自己在文学观念、文学立场以及文学方式方法上的改变。正是这些在那个时期非常优秀的国外作家，当然更多的是带有现代主义色彩的优秀作家的引进，促使了中国当代文学有这样一批人转变了自己的观念，这些人当时都是二三十岁的人，接受东西是最快的。正因为这个头开了以后，然后就回头对自己的写作做一番检讨、思索，再慢慢地由别人的东西变成了自己的东西。我一直认为当代文学"好看的时刻"，就开始于这个时候。

林：最初的那种触发，那种刺激、提示可以说推出了一批面目迥异的作家以及作品，但是当这些东西真正化成我们自己的东西的时候，就应该不是作为一种外来作品的模仿，或者如有的人不无尖刻地说这是一种翻译性的作品。这当中的转化，显然还需要具备其他的条件，你是怎样看待这些条件的？

潘：从我个人的经验来讲，从那些作家的书中实际上我得到的是它们的方法，它们让我知道了故事可以这么讲而不是那么讲，所以今天让我去谈那些作品的内容的话，我是基本上都忘记了，一鳞半爪还记得那么一点点，但是它们的那种叙事的东西已经沉淀在我的记忆里了，那么是不是转变成自己的一种自觉的东西了呢？这与作家本人自身的条件有关系。比如说他被某一点所震撼了，而恰恰另一个人被另外一点所震撼了；他可能是被某一点点亮了自己心中的一盏灯，而在另一个作家那里，他就忽视了。所以我曾经说过类似的话：对小说这种形式的理解的不同，实际上也就意味着一个作家写作原则的初步确立。

林：你能够谈谈你对外国作家作品阅读的具体情况吗？

潘：我对阅读的态度历来是相信自己的直觉判断，我不大愿意去做一种理性的分析，比如说我读博尔赫斯，我觉得有两点让我很震撼：第一个是我觉得他的书很智慧，它的句子很智慧——比如他写一个高大的人出现时，说这个人和他的嗓门一样高大，从来没有人把一个大嗓门和一个大个子连在一起的。他写一个盲人在倾听着什么东西的时候，说他抿着两条厚嘴唇去对着那个方向，这种句子很智慧。第二点，就是他的小说里面充满着东扯西拉的东西，在当时有一种对我个人来说说不清的心理，我不明白为什么要这样东扯西拉，而且又能把它做得这么和谐，放在一篇文字里面构成精美。而我们恰恰做不到这些。这种判断我觉得是一种直觉的东西。多年以后，别人再这么问我，我还是这么回答他，我只是觉得他的小说很智慧，它的句子很智慧，而这样的作家在我看来确实是很罕见的，每一次细细阅读，你可能都有新的发现，同样，对卡夫卡也是这个样子。我觉得他始终关心的是一个问题，人的一个境遇。我曾经有个短篇小说叫《陷阱》，当时在海口，韩少功看过就说这是卡夫卡式的小说，他的话说得很准确。这篇小说在某种意义上就是我向卡夫卡致敬的"作业"。我的意思是说，当你读某个作家的作品时，书中某种东西可能无意识地把你打动……作家的阅读与读者的阅读是完全不一样的，至少对我来讲是不一样的，我确实是记不住一些名著的那些故事性的东西，顶多记住某个细节，但是我更愿意看到的是他们讲故事的一种方式。

林：在"怎么说"解决后，还有个"说什么"这个问题，或者说小说的意义问题，你是怎么考虑的？

潘：我一直认为，无论以什么样的方式去写小说，都不可放弃小说内部的东西。尽管我也承认小说的发展某种意义上说就是一种形式的发展，是一种叙事的发展，但我觉得，一个作家是无法回避他所要表达的东西和表现的对象的。因此，无论是我早期的《南方的情绪》还是最近的《重瞳》，我自觉每篇作品都包藏着或隐匿着我个人的某种想法。区别在于什么呢？这种想法或者这种意味存在于小说中它应是不确定的，我称之为"不确的意味"。我认为小说里面如果出现这种"不确定的意味"或者"多元的意味"，这种小说就是最饱满的小说。而不是使人感觉到是纯粹不知所云，也不是一种故意的哗众取宠，一味强调那种文本上的境界呀，高度呀，等等。我从来就厌倦这个。当然，一个作家有他的习惯和偏爱，甚至可能发展到极致的地步。我就很崇尚一种宿命的东西，我觉得"宿命"某种意义上确实是把命运里的那种不可捉摸的东西进行了一种高度的概括，概括成了一种比较完美的形式。而有些人喜欢写一种死亡的气息，有些人喜欢表现一种性爱的状态，等等。但是，你说在一篇小说里面完全看不出任何东西，这在我的小说里面是不存在的，只是我希望我自己把这些东西处理成这么一种状态，使小说本身的内涵尽可能地丰富一点，具有张力，而不要像过去的那种小说，一览无遗。

林：也就是说，语言本身，还有各种再抽象的符号，音乐也好，绘画也好，它都是有所指的。

潘：对，我觉得用音乐或者用一种现代的绘画来解释这种小说，确实有相近的东西，谁也无法把一首曲子解释得像一个故事那样完整，但是每个人都能被它感动，如果它是一首不朽的曲子。肖斯塔科维奇的《第七交响乐》是战前设计的,而当时的苏联官方却硬说就是反纳粹法西斯的,多少年后,作曲家才亲口证实"侵犯的主题"与希特勒的进攻无关,他在创作这个主题时,想到的是人类的另一些敌人。他说任何法西斯都令人厌恶。值得注意的是,作品里充分体现"对人类法西斯的厌恶"的这种情绪,而不是特指哪一类的法西斯。

林:在你最近三年的一些作品里面,比方说《对门·对面》《秋声赋》《桃花流水》《结束的地方》《重瞳》等,你觉得当年的那些东西在这些作品里面,它是以什么样的一种形式保留下来或者是延续下去的?

潘:可以说,在所谓的先锋阶段,我当时的写作确实带有一种强制性,因为远离了自己本土小说的一种传统,尤其是指那种叙事方式上的传统,也就是说一下子拧过去了。拧过去之后,坚信按这条路子走下去,而彻底地背叛过去的那些东西,并且总是想使自己的小说与别人的小说区别开来,等等。那个阶段可能比较幼稚。一个作家当他在表达的时候,老是受到某种心理的钳制,他这种表达本身就很难达到那种很高的境界的。我觉得沉淀也好,延续也好,到后来就已经变得非常自然了,只是在于我的选择问题。我自觉在叙事上拥有了一定的能力和本领,能很从容地去面对我自己要去表达的对象,就不会先考虑到我这篇小说会不会有点像博尔赫斯。

林：这点，我想是非常重要的，有的人可能在模仿那个阶段做得非常好，但是当这个阶段过去以后，需要他拿出自己的东西的时候，就没有了。

潘：这似乎可以作为一个标志来判断。就像书法一样，我觉得一个好的书法家能从他的书法作品里面看出来一种师承关系，让人一看，噢，你这个字最早是学颜真卿的，后来又学了点黄庭坚，比如说你这一钩是从"黄"上来的，但是你到了行草的时候，基本上就是学王羲之，再加了一些米芾和董其昌，这个师承关系我觉得应该看出来，并且根本就不需要去回避它，因为这是事实。承认不承认都是事实。那么到了后面以后，你就很难讲了，说《对门·对面》《结束的地方》是按哪一路子上来的？《三月一日》《海口日记》又是哪一路的？《秋声赋》呢？《重瞳》呢？就说不清了。那个时候我只能告诉你，我拥有这些叙事能力之后，只能这样写而不能那样写，所以我就这样写了。这时候，很大程度上就依赖于这个作家带有一种绝对性的本领和天赋，而不仅仅是一个技巧问题。

林：你最近的几篇作品《桃花流水》《对门·对面》《三月一日》《海口日记》，从普通的阅读或接受的角度来讲的话，《海口日记》显然是一种更容易接受、好读的作品，而像《结束的地方》《桃花流水》在叙事上技术的含量比较多一些。但总的来说，相比于八十年代你的那些小说，可读性都明显加强了。

潘：《海口日记》首先得是"日记"吧？那么，我就不能在日记上做任何让人们不知所云的处理，因此，我注定要用第一人称来写这篇小说，同时我要找到写日记人的那种话语来叙述这个故事，因为整个视角就是他的视角，那么也就意味着这样一个小说基本的形态已经确定了，就不容许我在中间做任何的调节。我只是考虑让哪些东西进入小说，不让哪些进入小说，这句话该这样说而不是那样说。但是小说该怎么写已成定局了，也就是说它本来只能写成这种东西，而不是写成另一个东西。我历来是根据自己对某一篇东西的理解，然后确定该怎么去写，有时候倒过来，是先找到了一种叙事方式，才回头去找要说的事的。这不仅仅是一个变化手法的问题，还涉及一种对故事的处理能力，包括对故事的一种驾驭、理解，我觉得一个作家应该具备某种东西，而不是千篇一律地这样那样。我追求的是那种形式与内容的天衣无缝。

林：你认为这些近作存不存在对读者的迁就呢？

潘：迁就没有。应该说与我个人这个时期对小说的理解与写作的调整有关系，因为我觉得一个人老是去做一种无病呻吟或是做那个刻意的抒写的话，本身也是一种不真实。不过有一点还是比较明确的，八十年代末期九十年代初期，对故事的一些东西消解得破碎一些，极端了一些，那么就阅读接受这个层面来讲，范围肯定变得比较狭窄。现在的故事，无论是《对门·对面》也好，还是《海口日记》《结束的地方》也好，相对来讲，它是个完整的故事，只是怎么处理它、说它而已，因此在别人阅读的时候相对更适应一些，这可能也是这几年来几家选刊愿意转载我的作品的原因之一。

林：《结束的地方》开头引用博尔赫斯的话，我想你是强调了语言的塑形作用，叙述不断地向前推进，事件却在不断地向后回溯，构成了持续的张力，饱满而明朗。

潘：《结束的地方》虽然是几年前写的，但现在看来，就我个人来讲，还算是比较得意的一篇东西，而且写作的过程很轻松，那么多种关系，母与子的、夫与妻的、上与下的、主与仆的，这些很复杂的关系，在一个不足三万字的篇幅里面层层叠叠，交错展开，完成了对宿命的一次比较详尽的阐释。这种东西应该和我心目中的小说靠得较近。如果说像早期的《南方的情绪》《流动的沙滩》，作为小说实验文本有它的可取之处，那么，怎样使这种小说的叙述既背离一种传统的模式，同时又获得一种新鲜的东西，是我需要思考的。

林：做一个简单的比较，就像编绳子，《桃花流水》编到最后，绳子把自己套住了，绳子的一个结打出来——两个故事接通了，精彩处在于最后；而《结束的地方》是把绳子的头绪先一缕缕地分开了，最后又合了起来，最精彩的地方是那个分开头的过程。读这样的故事还是一种智力上的刺激。一开始读，就让读者要想到这样的故事要怎么进行，会怎么样，到哪一步的时候发生什么。像《结束的地方》，有一点是肯定的，即刘四不是真正的凶手，那么真正的凶手是谁呢？可能直到那个儿子出现的时候，有点预感，但是到底它是怎么样的呢？追问伴随着阅读，产生出一种呼唤参与的效果。

潘："智力上的刺激"这种表达很有意思。我曾经讲过，好的小说，作家只能写出一半，另一半是由他的读者来写的，而且我还打了一个比方，我说一篇好小说的创作就像在沏一壶好茶，作家提供的可能只是茶叶，而读者他们就是水；读者的水准就是水的温度，如果"茶叶"没有问题，他看不明白的时候就可能证明这水是凉水或温水，自然永远泡不开那壶茶。只有他到了一定水准的时候，这个一下结合起来，就达到了一种共同参与的目的。这好像也是我一贯信奉的小说原则。所以我总是说，好的小说作家只能写出一半。真正的小说创作是在阅读过程中间实现的，最默契的阅读中间完成了这篇小说的创作,最后一笔是读者写上去的。

林:《对门·对面》对现代都市里人与人之间的关系的揭示,冷漠中有温情、隔绝中有沟通的情状令人感动。而且那种细微的感觉非常准确,也非常有味道。你采取用 A、B、C、D 代替人物的方式,是出于什么考虑呢?

潘:好像还不止这篇小说,其他的小说中我也有简单地用 AB 或男人女人来称代人物的,譬如说《关系》和《故事》,还有《对话》。这篇小说更明显一些,就 A、B、C、D 这几个人,因为我当时就觉得这样具有某种意义上的抽象,突出人物的符号性,削弱具象的东西。记得有个导演跟我谈这个小说的改编的时候,我就说,其实这个小说拿到美国、法国照样能拍成一部不错的电影,比如那个男人 A 可以叫杰克,女人 C 可以叫乔伊娜,等等,它不受任何什么地域环境的影响,具有人类共同的东西,人类都面临着一种对门对面的关系。

林:也就是说这种东西你是强调它符号的共通性、抽象性?

潘:有这个考虑。所以说,这个时候我就需要用这种形式处理了,想尽可能地去掉一些表征的东西,不想给读者一些限制,比如我要是写了那个弹钢琴的女人戴副眼镜,好像不戴眼镜的人与她就没有关系啦。我不愿让她具体,那个人是什么样的人，你们自己去琢磨，也许你会在你的窗口看见对面有个女人，可能就是她。我很喜欢这种感觉。

林：但，另一方面，小说的画面感也极强，而且结构主要是靠画面的切换来完成的，同时丝丝入扣，很是严密。

潘：不仅是画面的切换，结构上也可能带有一种电影里面的转场手法。这可能与我当时在北京做导演拍片子有关。有一种电影的叙事方式介入进去了。事实上，这篇小说后来也让一些职业导演关注过，先是张艺谋，谈了几次谈不拢，他要"人性"，我要"距离"，没法谈。后来黄建新也找我谈了，他说这是个非常精彩的小说，但是他不敢动，觉得中间涉及一些情爱场面不好处理，怕通不过。同时他也说了类似你的意思，说你潘军的小说有一个最大的特点，就是情节线锁得太严了，动不得，牵一发而动全身。这是他很少从某个作家作品中触感到的情况。去年上海一家公司来谈，我只卖给他们"电视电影"的版权，电影的版权我不卖，我得给自己留着。

林：《对门·对面》让人读起来舒服的一个重要原因，我想可能是它的叙述语言的状态，它比较注重的是那种非常简明的线条感，而不是色彩的层层叠叠。

潘：我当时叙述这篇小说的时候是很清醒的，这篇小说我就是很客观、很节制、很平静地把它写完，包括最后有一个带有戏剧性的动作——那个男人B从阳台上翻下去了。

林：这个结尾也是非常妙的，让人想到事情还没完呢！

潘：不仅仅是个还没有完的问题，它显示了一种人生与存在的暧昧。A的手落在B的身上，导致的却是A的命运的两极分化：如果是拉，他就是一个英雄；如果是推，他就是一个凶手。人在这个社会上有时候就是莫名其妙的。

林：在近年的小说里面，《秋声赋》应该说也是比较突出的一篇。开始看你的那个开头有点不习惯，我想是不是你故弄玄虚变化一下，但后来发现不是这样。它实际上可能也是你的一种自我暗示，一种叙事的期待，而不仅仅是为了告诉读者。你在写作这篇作品的时候，以一种相对朴素的方式去叙述一个感人的故事，这个故事的内核是不是预先打动你的，而不是像你其他的作品，更多的是在写作中进行的？

潘：《秋声赋》是一个例外。正如小说中声明的，这篇小说我在动笔之前就瞭望到了它的结局。从某种意义上它是有生活原型的，故事中的男人和女人相好结婚，后来女人与货郎私奔了，男人抱养了一个孩子，包括最后那个儿子上吊死了，引起庄子里人的一些猜测，这些全都是真的。这是除《独白与手势》这样的长篇之外，或多或少与我个人的经历和体验有关系的一部中篇小说。我早就想写它了，一直找不到一种很好的方式来写它，直到我用现在这种方式把它写出来了。

林：这里面我觉得仍然有你一贯的东西，比方说不动声色地去表达一种很强烈的情绪，我觉得这方面你做得比较突出，非常激烈的情绪，但是你在表达上有一种很舒缓的感觉，一种不可思议的节制。《秋声赋》里面很是突出，尤其是其中围绕"箫"的叙事，我觉得这个小说本身就回荡着这种声音，类似于箫的声音。《秋声赋》看起来是写伦理，写农民，但实际上又不局限在那个上面，它实际上表达了对苦难的一种承受。

潘：对人的那种忍辱负重的关注。《秋声赋》写过以后对我自己最大的一个安慰是什么呢？我记得当时给田瑛和林宋瑜写信的时候就讲过，我现在敢于面对黄土、农民、苦难这些东西了，我有能力把这些同样写得很漂亮。

林：这里面实际上不只是说褒扬那个父亲，而且有一种一方面是震撼不已，一方面无可奈何的东西，这个人就是这样活着，推开来讲，即使没有那种情欲的自制和伦理的界限，在现代人的生活中，这种情感方式或许会以不同的形式存在，我觉得这应当是小说的真正意义所在吧。

潘：我希望读者能够这样去理解这篇小说。

林：这次和你见面之前，让我最开心的事是读到了你的近作《重瞳》。读了第一自然段就把我抓住了，诧异之后就是感到振奋，这首先是语言形态上的那种非常潇洒自如、霸气十足的叙述，同时，它对历史文本的剥离和再创造，打破了历史的封闭性和规定性，但并不止于戏说和解构，而是有一种严肃的东西贯穿其间，诞生出丰富的意味。从这个意义上讲，我认为《重瞳》不是简单的故事新编，它甚至就不是一部习惯中的那种"历史小说"。

潘：《重瞳》肯定不是历史小说。最初的设计是想写部长篇，五年前我在广州时就对田瑛说过，我说我准备写项羽，用第一人称写。他立刻就有了兴趣，说这个东西你写最合适。这让我想到鲁枢元在评论《风》的文章里说到过：潘军身上有股塞上军旅的霸气。我想或许这篇东西真该我写了。不久我离开海口去了中原郑州，这儿是当年楚汉相争的古战场，我还打算去看位于荥阳境内的鸿沟呢。于是就找来《史记》《汉书》读了，一共写了三个开头，但再写就找不到感觉了。直到今年夏天，我从北京回来，刚写完《独白与手势》的第二部《蓝》，总感到意犹未尽，那股子气还没有消掉，但接着写第三部又缺乏必要的准备，就又把《史记·项羽本纪》翻出来，读着读着就情不自禁地动起手了，一气呵成写出来，写得非常舒服。

林：很多人对项羽的故事并不陌生，你在构思时是如何考虑这一点的呢？

潘：我首先想到的是能不能有另一种解释，哪怕是一种离奇的、浪漫的，但是很美的解释。既要在规定的史籍中去寻找新的可能性，又不能受此局限，想借题发挥一番。

林：把项羽写成了一个文人色彩特别浓厚、诗意盎然的人，这同样是你个人心性的表露，你很偏爱项羽，在这当中有没有你感到难以处理的地方？

潘：你所说的难以处理的地方还是有的，像写项羽坑杀了章邯的二十万秦兵这个具体历史事件的时候，我就非常犹豫，想了几天想不好。这是项羽的一个劣迹，是历史上确有的事实，一代代这么传下来了，不能回避，但从我个人的感情上讲，我希望这些东西是虚构的。后来我想，他的这一暴行是在他当了上将军以后干出来的，至高无上的权力恐怕是一个不可忽视的原因，权力和人的这种关系应该在这里反映得比较强烈。另外我把它做得有些模棱两可：当时章邯来投降到底怎样想的？究竟是项羽的小人之心还是明察秋毫？两种可能性都有。有很多人解释是项羽的小人之心，听了旁边的几个谋士的话，没有进到咸阳城后院就起火了。章邯本人是深知项羽的为人的，他到底有没有一种谋反之心呢？给自己留下一条后路？我把它处理成一个"有可能"，借章邯的嘴为项羽开脱，这是出于我对项羽的偏爱，同时我也证实了这件事情项羽是做了的，做的原因就是权力使他变得异常残暴，我没有回避这个。

林：这后一个方面应该说是构成小说底蕴的重要内容，完全可以把它看作对人类血腥史的一种反思。事实上，你也是这么考虑的，要不怎么会扯上希特勒与斯大林联手收拾波兰呢？

潘：我要传达出对人与人之间搏杀的感受，某种意义上，人类的历史可以说是一种贵族和流氓的历史。因此，它的解构和建构是并驾齐驱的，它在毁坏、颠覆传统叙事的同时中也树立自己的东西，这种小说的意义就在这里。

林：《重瞳》洒脱的叙述和诗意的表现力无疑是这部作品的魅力所在。我还对其中一些细节安排感到愉快，譬如写项羽和虞姬的初次相见，尤其是那个结尾，太漂亮了。这么重的东西你却给了它一个飘逸的结尾，有一种举重若轻的感觉。再就是，你在貌似汪洋恣肆尽情抒写的背后，实际上还是写得非常节制的。

潘：唐先田在评论中也提到了这个，他举了"霸王别姬"的例子，说历来写项羽无法不渲染这一点，而《重瞳》竟不是这样，似乎一笔带过，却给了人更多的震撼。他认为这是"冰山"的一角，深重的东西藏在下面。说实话，类似的这些安排与处理，是我所得意的。

林：还有一篇作品值得提及，就是《三月一日》。写一个人少了一只眼睛之后带来的一种变化，跟老婆做爱都不行了，单位的人丢了东西都开始怀疑他，等等，这本身就有许多荒诞的东西，但是同时这又使他看到作为一个健全的人所看不到的东西，这就包含着关于人的现实存在的健全与病态的悖论性的关系，如果仅止于此，恐怕还不能给人以震动，小说在表现和揭示这样的生存境遇中，通过"月亮"搭建了一个美好的企盼、寻找和失落的构架，感人的力量也许来源于此吧。

潘：人世间肯定有美好的东西，但美好的东西往往存在于人的意识之中，就像我们常讲的，每个人都希望有一种白头偕老的境界，但是恰恰每个人都做不到。这篇小说里面写到，最早别人喊月亮，他自己都不知道月亮是他第一个女人，他都忘记了。他老婆甚至说这是一种肥皂的名字，直到最后，有个女孩告诉他，他才隐隐约约地想起来了，月亮是他最初的恋人的名字，但是等他去寻找她的时候，那个女人已经死掉了。这时候回溯小说的叙事，我们发现了那种神秘，那男人听到的喊声，是那个女人在临死之前喊了一声"月亮"，这给人以招魂的感觉，她穿过怎样的时空，居然在一个街口被他听见了？这是一种冥冥之中的东西。

林： 你最近的长篇三部曲《独白与手势》或许预示着你的一个新的创作阶段的到来，关于这部小说，我想应该专门作为一个话题谈论它，这里我仅仅想请你谈谈对以图画介入文字叙述这种形式的考虑，你是怎么想到用这种方式的？

潘： 1993年在海口时我就萌发了这个构想。我觉得如果把图画当作叙事的一部分放置进去，让它成为叙事的一个不可替代的层面，虽然是一次冒险，但肯定十分有趣。这应该是我最早的冲动。似乎带有某种规律性，我总是先想到形式才决定写一篇东西的。八年前写《风》也是如此。

林： 这次谈话，我想问你的最后一个问题是，如果从你自己的个人心理倾向的表露上来讲，你觉得你的小说里最为突出的是什么？

潘： 我始终对恐惧很敏感，虽然我给人的感觉总是大大咧咧、走南闯北，但是其实我对恐惧特别敏感，我总是觉得有一种恐惧的气息在我身边，但是这种恐惧不是我们词典上所解释的那种恐惧，这种恐惧实际上是与对人类的爱相对立的一种状态，我觉得恐惧的对面就是一种爱。

（根据1999年12月22—23日的谈话录音整理）